CAP AAGA | Agent accompagnant au grand âge

BLOC 2

Promotion de l'autonomie de la personne dans son espace privé

Sous la coordination de
Véronique Maillet, IEN SBSSA honoraire

Myrrha Barruyer-Djeridi, PLP STMS
Aida Belaredj, PLP STMS
Rémy Clémencier, PLP STMS
Michèle Delomel, IEN SBSSA honoraire
Hélène Lacroix-Barseyni, PLP BSE
Alice Mathieu-Habary, PLP BSE

FOUCHER

Sommaire

C2.1 Promouvoir l'autonomie dans les actes essentiels de la vie quotidienne

C2.2 Entretenir et personnaliser la sphère privée

Les ressources numériques

Lecture audio des documents longs

Texte lu
foucherconnect.fr/24pap001

Lecture audio de la synthèse rédigée

Synthèse rédigée et audio
foucherconnect.fr/24pap004

Vidéos

Vidéo – C'est quoi vieillir ? Vous aurez été prévenus !
foucherconnect.fr/24pap014

Exercices interactifs dans la partie « Se tester »

Exercice interactif
foucherconnect.fr/24pap005

Préparer l'épreuve EP2

Préparer l'épreuve EP2
foucherconnect.fr/24pap130

LES LIENS FOUCHERCONNECT

Le manuel papier s'enrichit de ressources numériques

foucherconnect.fr

GRATUIT !
Accessible SANS INSCRIPTION.
EN LIGNE sur www.foucherconnect.fr

Conception maquette : Anne-Danielle Naname
Composition : STDI
Illustrations : Coredoc
ISBN 978-2-216-17266-5
NB-CC-BM

IMPRIM'VERT — Votre imprimeur agit pour l'environnement

PAPIER À BASE DE FIBRES CERTIFIÉES

FOUCHER s'engage pour l'environnement en réduisant l'empreinte carbone de ses livres. Celle de cet exemplaire est de : 1 kg éq. CO_2
Rendez-vous sur www.editions-foucher-durable.fr

Achevé d'imprimer en Italie par L.E.G.O. S.p.A. - Lavis (TN)
Dépôt légal n° 17266-5/01 - Mai 2024

Crédits photographiques : ph©stock.adobe.com

Dossier 1

Les établissements d'accueil des personnes âgées et le personnel

Compétences
CT3 Recueillir les informations, s'informer sur les éléments du contexte et de la situation professionnels.
CT3.1 Identifier le cadre de son intervention.

Je découvre

Alain fait la connaissance de monsieur Courey, un nouveau résident de l'EHPAD où il travaille depuis peu de temps. Monsieur Courey aime beaucoup parler et lui raconte son parcours. Il habitait chez lui et à la mort de sa femme il est allé vivre en résidence autonomie puis a dû déménager en EHPA (Établissement d'hébergement pour personnes âgées). Depuis quelques mois, en raison d'une perte d'autonomie il a dû intégrer l'EHPAD (Établissement d'hébergement pour personnes âgées dépendantes).

Les établissements d'hébergement pour les personnes âgées sont des structures conçues pour offrir un logement, des soins médicaux et un soutien social aux personnes âgées. Ils peuvent varier en termes de taille et de services proposés, allant des maisons de retraite traditionnelles (qui fournissent un logement et des soins aux personnes âgées qui ne peuvent plus vivre de manière autonome), aux résidences pour personnes âgées indépendantes et autonomes. Ces établissements visent à assurer la sécurité, le bien-être et la qualité de vie des résidents âgés. Ils fournissent une gamme de services adaptés à leurs besoins spécifiques, allant de l'aide quotidienne (aide au repas, aide aux soins d'hygiène…) à des activités récréatives et sociales (animations diverses : loto, gym douce, bal…).

- **Citer les principaux objectifs des établissements d'hébergement pour personnes âgées.**

…………………………………………………………………………………………

…………………………………………………………………………………………

- **Expliquer en quoi les établissements pour personnes âgées peuvent être différents les uns des autres.**

…………………………………………………………………………………………

…………………………………………………………………………………………

…………………………………………………………………………………………

Activités

Activité 1 — Les établissements d'accueil pour les personnes âgées autonomes

1 DOC 1 **Relier chaque établissement à sa définition.**

Établissement d'hébergement pour personnes âgées •	• Ensemble d'habitations comprenant des logements individuels privatifs offrant aux personnes âgées autonomes des services optionnels (repas, animations…).
Résidence autonomie •	• Structure médico-sociale qui accueille des personnes âgées ayant conservé une certaine autonomie.

2 DOC 1 **Citer les principaux objectifs de ces structures.**

....

....

DOC 1 Les établissements d'hébergement pour personnes âgées et les résidences autonomies

Texte lu foucherconnect.fr/24pap001

Un établissement d'hébergement pour personnes âgées (EHPA) accueille des personnes âgées (60 ans et plus) valides et autonomes, parfois semi-valides, seules ou en couple. L'EHPA est une structure non médicalisée ou peu médicalisée. Les résidents sont autonomes ou relativement autonomes et ne nécessitent pas un projet de soins personnalisé et renforcé comme en EHPAD.

Les résidences autonomie sont conçues pour les seniors de plus de 60 ans, plus autonomes, offrant un cadre de vie sécurisé, des logements privatifs et des espaces communs, avec des services en option tels que des repas et des activités sociales.
Ces deux types d'établissements visent à améliorer la qualité de vie des aînés en adaptant les services à leurs besoins spécifiques et en jouant un rôle de conservation de l'autonomie.

Activité 2 — Les établissements d'hébergement pour les personnes âgées dépendantes

3 DOC 2 **Décrire les principaux services offerts par les EHPAD.**

....

....

....

4 DOC 2 **Expliquer qui sont les principaux destinataires des services fournis par les EHPAD.**

....

....

....

....

DOC 2 Les EHPAD

Texte lu foucherconnect.fr/24pap002

L'EHPAD, abréviation de « Établissement d'Hébergement pour Personnes Âgées Dépendantes », est une structure médicalisée qui accueille des personnes âgées de plus de 60 ans nécessitant une assistance quotidienne pour les tâches de la vie courante et des soins médicaux. Ces établissements proposent un éventail de services, tels que l'hébergement, les repas, l'entretien de la chambre, l'aide à l'hygiène, les soins médicaux, la gestion de la dépendance et des activités.

5 DOC 3 **Indiquer pour chaque affirmation si elle est vraie ou fausse.**

Affirmations	Vrai	Faux
Les USLD sont conçues pour accueillir des personnes âgées très dépendantes nécessitant des soins médicaux plus importants que ceux disponibles en EHPAD.		
Les USLD sont souvent étroitement associées à des hôpitaux, ce qui permet une surveillance médicale constante et une prise en charge spécialisée pour les patients.		
Les EHPAD sont mieux adaptés pour les personnes âgées nécessitant des soins médicaux intensifs que les USLD.		

DOC 3 Les USLD

Texte lu foucherconnect.fr/24pap003

Les unités de soins de longue durée (USLD) sont des établissements médicaux dédiés à l'accueil de personnes âgées très dépendantes qui nécessitent des soins médicaux plus complexes que ceux disponibles en EHPAD. Ces unités sont souvent étroitement associées à des hôpitaux et fournissent une surveillance médicale constante pour les patients, assurant ainsi une prise en charge spécialisée sur une période prolongée.

6 DOC 4 **Indiquer s'il s'agit d'un PASA ou d'une UHR.**

....	Ce sont des unités de soins adaptés au sein des EHPAD conçues pour offrir un environnement adapté aux résidents souffrant de troubles cognitifs. Ils proposent des activités thérapeutiques, éducatives et sociales pour stimuler les capacités des résidents, réduire l'agitation et améliorer leur qualité de vie. Ils offrent un accompagnement personnalisé qui tient compte des besoins spécifiques de chaque résident.
....	Ce sont des unités renforcées au sein des EHPAD destinées aux résidents atteints de troubles cognitifs sévères et comportant des symptômes difficiles à gérer. Ces unités sont spécialement équipées et le personnel est formé pour répondre aux besoins complexes de ces résidents. Elles mettent l'accent sur la sécurité, la surveillance constante, et la gestion des comportements difficiles, tout en veillant au bien-être des résidents.

DOC 4 Les dispositifs PASA et UHR

Les PASA (Pôles d'Activités et de Soins Adaptés) offrent un environnement adapté et des activités thérapeutiques pour les résidents souffrant de troubles cognitifs. Les UHR (Unités d'Hébergement Renforcé) offrent une surveillance constante et une gestion spécialisée des comportements difficiles pour les résidents atteints de troubles cognitifs sévères. Ce sont des dispositifs spécifiques qui visent à améliorer la prise en charge des résidents atteints de la maladie d'Alzheimer ou d'autres formes de troubles cognitifs au sein des EHPAD.

ACTIVITÉ 3

Le fonctionnement réglementaire d'une structure d'accueil de la personne âgée

7 Relier les principaux aspects réglementaires du fonctionnement des établissements d'accueil à leurs explications.

Aspects réglementaires	Explications
Autorisation et agrément	Les établissements disposent de personnel qualifié : des médecins, des infirmiers, des aides-soignants, des animateurs, et du personnel administratif pour répondre aux besoins des résidents.
Normes d'hébergement	Un projet de vie individualisé doit être élaboré pour chaque résident, prenant en compte ses besoins et ses préférences. Les établissements proposent des activités sociales, culturelles et récréatives en lien avec ce projet.
Alimentation et soins médicaux	Toute structure d'accueil pour personnes âgées doit obtenir une autorisation ou un agrément des autorités sanitaires. Ces autorisations garantissent que l'établissement respecte les normes de sécurité et de qualité nécessaires.
Contrats de séjour	Chaque résident doit signer un contrat de séjour qui précise les conditions d'accueil, les services fournis, les tarifs, et les droits et devoirs de l'établissement et du résident.
Projet de vie et d'animation	Les résidents ont des droits fondamentaux, tels que la liberté, la dignité, définis dans une charte. Ils ont également le droit de faire entendre leurs plaintes et leurs réclamations.
Personnel qualifié	Les locaux et les chambres doivent répondre à des normes de sécurité, de confort et d'accessibilité.
Droits et libertés des résidents	Les établissements doivent assurer une alimentation équilibrée et adaptée aux besoins des résidents. Des soins médicaux appropriés doivent être dispensés, avec la prise en charge des maladies chroniques et la surveillance de la santé des résidents.

ACTIVITÉ 4

Les personnels en EHPAD

8 Placer les professionnels suivants en face de leur description.

Infirmier — Psychologue — Agent d'entretien — Médecin gériatre — Animateur — Orthophoniste — Aide-soignant — Kinésithérapeute — Cuisinier — Cadre de santé

Description de la profession	Nom du professionnel
Il est chargé de l'administration des médicaments, des soins infirmiers et de la surveillance de l'état de santé des résidents.	....
Il intervient pour le soutien psychologique des résidents, en particulier en cas de détresse émotionnelle.	....
Il aide les résidents à gérer des aspects non médicaux de leur vie, tels que les démarches administratives, le soutien familial, et l'accès à des prestations sociales.	Travailleur social
Il organise des activités sociales, culturelles et récréatives pour divertir et stimuler les résidents, contribuant ainsi à leur bien-être et à leur intégration sociale.	....
Il veille à la propreté et à l'hygiène de l'établissement, notamment des chambres et des espaces communs.	....
Il est responsable de la préparation des repas en veillant à répondre aux besoins nutritionnels et aux préférences des résidents.	....
Il propose des exercices de rééducation pour maintenir ou améliorer la mobilité des résidents.	....
Il assiste les infirmiers dans la prise en charge quotidienne des résidents, tels que l'aide à la toilette, à l'habillage, et à la mobilité.	....
C'est un médecin spécialisé dans les soins aux personnes âgées. Il est souvent consulté pour des diagnostics et des traitements spécifiques.	....
Il est sollicité en cas de troubles de la communication ou de la déglutition.	....
Il travaille sur la motricité et la coordination des résidents pour améliorer leur qualité de vie.	Psychomotricien
Appelé parfois infirmier coordonnateur, il encadre les équipes de soin et participe à l'organisation des services de soins.	....

Je retiens

Synthèse rédigée et audio
foucherconnect.fr/24pap004

Les établissements d'accueil des personnes âgées et le personnel

Les établissements d'accueil des personnes âgées

Ces établissements sont conçus pour accueillir et prendre en charge les personnes âgées.

EHPAD (Établissement d'hébergement pour personnes âgées dépendantes)

✓ Les EHPAD sont des structures médicalisées qui accueillent les personnes âgées dépendantes nécessitant une assistance quotidienne et des soins.
✓ Ils offrent un large éventail de services, dont l'hébergement, les soins médicaux, l'entretien, l'aide à l'hygiène, la gestion de la dépendance et des activités sociales.

Résidences Autonomie et EHPA

Ces structures sont conçues pour les personnes âgées autonomes qui souhaitent un logement sécurisé, des repas et des services en option.

PASA (Pôles d'activités et de soins adaptés) et UHR (Unités d'hébergement renforcés)
- Ce sont des dispositifs spécifiques dans les EHPAD pour les résidents atteints de troubles cognitifs.
- Les PASA proposent des activités adaptées, tandis que les UHR offrent une surveillance renforcée pour répondre aux besoins complexes.

Fonctionnement réglementaire en EHPAD
Les établissements doivent obtenir une autorisation ou un agrément des autorités sanitaires.

Personnels en EHPAD
Plusieurs catégories de personnels interviennent en EHPAD, notamment le personnel médical, paramédical, soignant, des services généraux, social et d'animation, d'entretien ainsi que les cadres de santé.

Je me teste

Exercice interactif
foucherconnect.fr/24pap005

1 Cocher les types d'établissements qui correspondent à une personne âgée autonome souhaitant un logement sécurisé et des services en option.

☐ EHPAD
☐ Résidence autonomie
☐ Unité de soins de longue durée
☐ EHPA

2 Expliquer votre choix

....

....

....

Dossier 2

Les différents projets, les majeurs vulnérables

Compétences

CT3 Recueillir les informations, s'informer sur les éléments du contexte et de la situation professionnels.
CT3.1 Identifier le cadre de son intervention.

Je découvre

Lola est agent accompagnant au grand âge dans un EHPAD. Elle participe à la rédaction du nouveau projet d'établissement au sein du groupe de travail dédié à la relation avec les parents, la famille et l'entourage. Elle s'interroge sur l'intérêt d'un projet d'établissement. Elle se demande quel type de relation installer avec le tuteur de madame Durand. En effet, madame Durand est une nouvelle résidente atteinte de la maladie d'Alzheimer. Face à la dégradation des capacités mentales de sa mère, le fils de madame Durand a fait une demande de protection judiciaire.

- **La protection des personnes majeures vulnérables**

Une personne majeure devient vulnérable lorsqu'elle n'est plus en capacité de prendre des décisions concernant ses intérêts personnels et matériels, en raison de son handicap, de sa maladie, de son grand âge ou d'une situation de très grande précarité sociale. Le juge peut alors décider d'une mesure de protection judiciaire par laquelle une autre personne l'aide à protéger ses intérêts.

- **Le projet d'établissement ou de service social ou médico-social**

Le projet d'établissement ou de service est un document qui définit les engagements, les missions et les orientations d'un établissement ou d'un service social ou médico-social pour une durée de cinq ans. Il place les usagers au cœur des préoccupations et des engagements de la structure, notamment en termes de qualité des prestations.

- **Indiquer l'objectif d'une mesure de protection judiciaire et préciser en quoi madame Durand est une personne vulnérable.**

....

....

....

- **Préciser l'intérêt du projet d'établissement ou de service pour l'usager.**

....

Activités

ACTIVITÉ 1 Le juge des contentieux de la protection

1 DOC 1 **Souligner les rôles du juge des contentieux de la protection (JCP).**

2 DOC 1 **Relier chaque situation à la mission du JCP correspondante.**

Surveillance de la gestion des comptes •	• Monsieur Vidal, majeur protégé, souhaite vendre un immeuble.
Autorisation d'actes importants •	• Le JCP désigne madame Delbac tutrice de son père.
Désignation de la personne qui exercera la mesure de protection •	• Le JCP vérifie les comptes de monsieur Vidal.

DOC 1 Le rôle du juge des contentieux de la protection

Texte lu foucherconnect.fr/24pap006

Le juge des contentieux de la protection (JCP) siège au tribunal judiciaire. Il est chargé de décider des mesures de protection à mettre en œuvre. Il décide à ce titre du placement sous tutelle, sous curatelle ou sous sauvegarde de justice d'une personne majeure. Concrètement, le juge dispose d'une triple mission dont l'étendue varie en fonction du régime de protection à laquelle est soumise la personne protégée :

- surveiller la gestion des comptes de la personne protégée et imposer des sanctions, notamment financières, lorsque des irrégularités sont constatées ;
- autoriser des actes particulièrement importants concernant les personnes protégées, comme la vente d'un bien immobilier ;
- désigner la personne qui sera chargée d'exercer les mesures de protection.

ACTIVITÉ 2 La mise en place des mesures de protection des majeurs vulnérables

3 DOC 2 **Compléter le schéma avec les trois principes de la protection judiciaire des majeurs vulnérables.**

3 Principes de protection judiciaire
- ………………………………
- ………………………………
- ………………………………

DOC 2 Les principes des mesures de protection judiciaire des majeurs vulnérables

Principe de nécessité	Principe de subsidiarité	Principe de proportionnalité
Une mesure ne peut être ordonnée qu'en cas de nécessité, lorsque le majeur a besoin d'une protection en raison d'une altération de ses facultés.	Une mesure ne peut être ordonnée que si une autre mesure, moins contraignante, ne peut être envisagée.	La mesure doit être individualisée en fonction du degré d'altération des facultés de la personne à protéger.

ACTIVITÉ 3

Les mesures de protection judiciaire

4 DOC 3 **Souligner les mesures de protection judiciaire indiquées dans l'article 440.**

5 DOC 3 **Classer les mesures de protection judiciaire de la moins à la plus contraignante.**

....

6 DOC 3 **Relier chaque mesure de protection judiciaire à sa définition.**

Tutelle ●	● Assistance ou contrôle par un curateur* d'une manière continue dans les actes importants de la vie civile.
Curatelle ●	● Représentation continue par un tuteur* de la personne protégée dans les actes de la vie civile.

* Personnes désignées par le JCP pour représenter la personne protégée.

7 **Déduire la mesure de protection juridiciaire dont bénéficie madame Durand, résidente dont s'occupe Lola.**

....

DOC 3 L'article 440 du Code civil

« La personne qui, sans être hors d'état d'agir elle-même, a besoin, [...], d'être assistée ou contrôlée d'une manière continue dans les actes importants de la vie civile peut être placée en curatelle.
La curatelle n'est prononcée que s'il est établi que la sauvegarde de justice ne peut assurer une protection suffisante.
La personne qui, [...], doit être représentée d'une manière continue dans les actes de la vie civile, peut être placée en tutelle.
La tutelle n'est prononcée que s'il est établi que ni la sauvegarde de justice, ni la curatelle ne peuvent assurer une protection suffisante. »

ACTIVITÉ 4

Les autres mesures de protection

8 DOCS 4 et 5 **Indiquer la mesure la plus adaptée à chaque situation.**

Situation	Mesure proposée
Monsieur Layani, atteint de la maladie de Parkinson, souhaite anticiper le moment où il ne sera plus en mesure de prendre des décisions.	....
La fille de Monsieur Ravel représente son père pour la gestion de son bien immobilier.	....

DOC 4 L'habilitation familiale

L'habilitation familiale est un dispositif destiné à simplifier les démarches des proches d'une personne qui se trouve dans un état nécessitant une mesure de protection. L'habilitation familiale peut être « générale » ou limitée à un ou plusieurs actes portant sur les biens et/ou la personne protégée (paiement d'un loyer, choix du lieu de vie...). En principe, le juge n'intervient qu'au moment du prononcé de l'habilitation.

DOC 5 Le mandat de protection future

Le mandat de protection future, qui n'est pas une mesure judiciaire, est un contrat qui permet à une personne (mandant) de désigner à l'avance la ou les personnes (mandataires) qu'elle souhaite voir être chargées de veiller sur sa personne et/ou sur tout ou partie de son patrimoine, pour le jour où elle ne serait plus en état, physique ou mental, de le faire seule.

ACTIVITÉ 5 Le projet d'établissement ou de service

9 DOC 6 **Préciser le code qui impose la rédaction du projet d'établissement dans un EHPAD.**

....

10 DOC 6 **Souligner dans le document la fonction du projet d'établissement ou de service.**

11 **Indiquer une des priorités que doit viser l'établissement médico-social.**

....

DOC 6 Un projet d'établissement et de service, ça sert à quoi ?

D'après l'article L311-8 du Code de l'action sociale et des familles, chaque établissement ou service social ou médico-social doit élaborer un projet d'établissement ou de service.
Ce dernier définit les objectifs de l'établissement ou du service (coordination, coopération, évaluation des activités et qualité des prestations), les modalités d'organisation et de fonctionnement. Ce projet précise également la politique de prévention et de lutte contre la maltraitance mise en œuvre par l'établissement ou le service, notamment en matière de gestion du personnel, de formation et de contrôle.

Texte lu foucherconnect.fr/24pap007

12 DOC 7 **Justifier la participation de** Lola **à la rédaction du nouveau projet d'établissement de l'EHPAD.**

....

....

13 DOC 7 **Compléter le schéma avec les acteurs participant à la construction du projet d'établissement en fonction de l'intérêt de sa participation.**

Renforcement de la dimension collective et collaborative du projet ← ....

Apport d'un regard plus global et plus large ← ....

Le projet d'établissement

.... → Expertise et connaissance des résidents

.... → Besoins, attentes et droits des résidents

DOC 7 L'élaboration du projet d'établissement

Texte lu foucherconnect.fr/24pap008

La rédaction du projet d'établissement doit impliquer l'ensemble des acteurs de la vie de l'établissement, dans une démarche collaborative.

- Les personnels sont partie prenante en raison de leur expertise, de leur expérience, de leur connaissance des résidents ; ils contribuent à définir les missions, les modes d'intervention et les objectifs.
- Les usagers et/ou leurs représentants légaux sont également impliqués pour garantir que le projet prend en compte les besoins, attentes et droits des personnes accueillies.
- Les acteurs extérieurs, partenaires de l'établissement, apportent un regard plus global et plus large pour enrichir le projet.
- Les bénévoles, s'il y en a, peuvent participer au processus d'élaboration du projet de manière pertinente. Leur engagement peut offrir des perspectives complémentaires et renforcer la dimension collective et collaborative du projet.

> Fiche outil 1

ACTIVITÉ 6 Les différents projets au sein d'un EHPAD

14 DOC 8 **Indiquer pour chacun des projets intégrés au projet d'établissement le numéro de l'axe auquel il répond.**

Projet de soins	Projet de vie	Projet d'animation
....	....	....

15 DOC 8 **Souligner l'objectif de chacun de ces projets.**

DOC 8 les différents projets au sein d'un EHPAD

Vidéo foucherconnect.fr/24pap009

Le projet d'établissement est un document cadre qui définit les orientations et les objectifs d'un EHPAD. Fruit d'une concertation entre les différents acteurs de l'établissement, il s'articule autour de ces principaux axes. Les principaux axes du projet d'établissement en EHPAD sont les suivants :

1. L'accueil et l'accompagnement des résidents
2. Les soins et la prise en charge médicale
3. L'animation et la vie sociale
4. La gestion des ressources humaines
5. L'évaluation de la qualité

Le projet de soins s'intègre dans le projet d'établissement. Son objectif général est de garantir aux personnes âgées accueillies une prise en soins adaptée et personnalisée en fonction de leurs besoins et de leur dépendance.

Le projet de vie ou projet d'accompagnement personnalisé des résidents d'EHPAD a vocation à permettre à chaque personne accueillie de vivre son séjour dans le respect de ses goûts, de ses envies, tout en préservant son autonomie autant que possible.

Le projet d'animation a pour but de garantir le bien-être et la qualité de vie de l'ensemble des résidents. Il doit contribuer à donner du sens à la vie quotidienne, à entretenir du lien social et préserver les capacités de la personne.

Texte lu foucherconnect.fr/24pap010

Je retiens

Synthèse rédigée et audio
foucherconnect.fr/24pap011

Les différents projets, les majeurs vulnérables

La protection judiciaire des personnes majeures vulnérables

Le mandat de protection future*	Désignation par une personne majeure d'une ou plusieurs personnes pour la représenter si elle devient incapable de gérer ses intérêts personnels.
La sauvegarde de justice **	Mesure d'urgence pour protéger une personne dont les facultés sont altérées.
L'habilitation familiale**	Désignation par un juge d'un membre de la famille pour prendre des décisions pour la personne.
La curatelle**	Aide et soutien à une personne qui a besoin d'être assistée dans certains actes de la vie civile.
La tutelle**	Protection complète d'une personne qui n'est plus en mesure de gérer ses intérêts personnels.

*Contrat, mesure préventive **Mesures judiciaires

Le projet d'établissement social ou médico-social

Document cadre
Orientations et objectifs
de l'établissement
→ Accueil et accompagnement ← Projet de vie
→ Animation et vie sociale ← Projet d'animation
→ Soins et prise en charge médicale ← Projet de soins
→ Gestion des ressources humaines
→ Évaluation

Je me teste

Exercice interactif
foucherconnect.fr/24pap012

Indiquer si chaque affirmation est vraie ou fausse.

	Vrai	Faux
a. La tutelle est la mesure de protection la plus contraignante.		
b. Le JCP désigne la personne qui représentera le majeur vulnérable.		
c. Le mandat de protection future est demandé par la famille de la personne.		
d. Le projet d'établissement est facultatif dans un EHPAD.		

Le projet d'établissement social ou médico-social

FICHE OUTIL 1

Processus d'élaboration du projet d'établissement social ou médico-social

- Le projet d'établissement est un document essentiel pour le fonctionnement d'un établissement médico-social et pour garantir la qualité de l'accompagnement des personnes accueillies. Il définit les orientations et les objectifs de l'établissement pour une période de cinq ans.
- Voici les étapes clés pour élaborer un projet d'établissement.

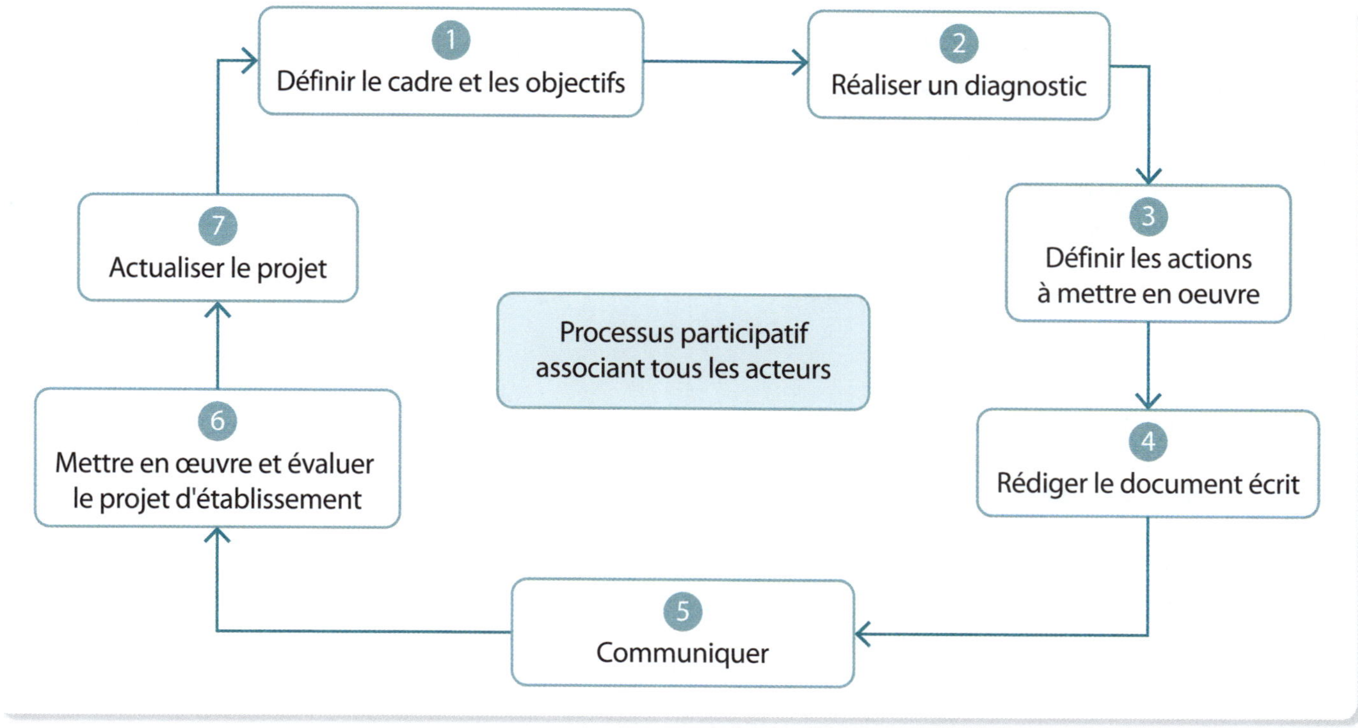

- Le projet d'établissement englobe diverses thématiques cruciales pour définir la vision, les missions et les actions d'une structure.
- Diverses thématiques peuvent être abordées dans le projet d'établissement ou de service médico-social et social afin de répondre aux attendus de ce document :
  – l'histoire de l'organisme gestionnaire, ses valeurs fondamentales et sa mission dans le secteur médico-social et social ;
  – les missions spécifiques de l'établissement ou du service, en lien avec les besoins du public cible ;
  – le public accueilli ;
  – les relations avec les parents, la famille et l'entourage ;
  – la nature de l'offre de service et son organisation ;
  – les principes d'intervention (éthique, bienveillance, respect des droits des usagers…)
  – les professionnels et compétences mobilisées ;
  – les objectifs d'évolution, de progression et de développement.
- Le décret du 29 février 2024 décrit le contenu minimal du projet d'établissement ou de service social ou médico-social. Il précise l'obligation d'y inclure la démarche de prévention interne et de lutte contre la maltraitance (moyens de repérage des risques, modalités de signalement et de traitement des situations de maltraitance, bilan annuel des situations survenues, actions de communication auprès des personnes accueillies et actions de formation du personnel).

FICHE OUTIL 1

Le projet d'établissement social ou médico-social

Extrait d'un projet d'établissement médico-social

Projet d'établissement 2024-2028
EHPAD Résidence Les rosiers

Préambule

[...] Nous souhaitions faire de ce projet d'établissement, au-delà de la contrainte réglementaire, un levier pour fédérer les salariés et donner du sens aux actions réalisées quotidiennement. C'est un rendez-vous entre professionnels de l'établissement qui y participent. Il encourage l'échange, le partage, l'expression des attentes de chacun pour faire émerger de nouveaux axes de travail. Ce document devient alors une référence comprise et portée par tous. Le résident est au cœur des réflexions ce qui nous permet de faire progresser nos pratiques et la qualité de notre accompagnement. C'est une aventure humaine portée et enrichie par chacun qui permet d'affirmer les valeurs et les principes qui nous sont chers.

2. L'organisation interne de l'offre de service

[...]

b. Le projet personnalisé

L'accompagnement d'un résident au sein de l'établissement est :
– une relation qui va l'aider à vivre malgré les difficultés avec dignité,
– un soutien dans le quotidien pour faire face à la perte d'autonomie.

Le projet personnalisé a pour objectif de reconnaître la vie du résident, son histoire, de manière à construire un projet de Vie et de Soins et une prise en charge adaptée et personnalisée avec lui. C'est une démarche et un travail pluridisciplinaire avec le résident, sa famille, la psychologue, les soignants, les animatrices, etc.
Une grande partie des résidents de l'établissement se sent en situation de vulnérabilité face aux professionnels. Le but du projet individualisé est d'offrir aux résidents un espace d'écoute pour trouver l'accompagnement adapté à leur situation.
Ce projet personnalisé est co-construit avec le résident. Le consentement de la personne âgée est recherché à chaque fois que des ajustements sont nécessaires. Sous réserve du consentement du résident, l'établissement peut transmettre (sur demande) une synthèse de son évolution à sa famille.
[...]

c. Le projet de soins

Conformément à la loi n° 2002-2 du 2 janvier 2002 rénovant l'action sociale et médico-sociale, les EHPAD doivent assurer un accompagnement individualisé de la personne accueillie.
Le projet de soins a pour objectif de participer au bien-être physique, psychique et social des résidents. Le rôle de l'établissement est de veiller à assurer des soins de qualité conformément aux Recommandations de Bonnes Pratiques Professionnelles (RBPP).
Nous suivons régulièrement des formations (en interne et en externe) afin de maintenir et développer nos compétences et nos connaissances.
Le Projet de Soins est un document consensuel valable pour tous les acteurs de soins de l'établissement. Il est dynamique et évolutif. Il sert de référence à la réflexion soignante lors de prises en charge en soins spécifiques par exemple. Dans l'établissement, sous la responsabilité du médecin coordonnateur gériatre, les équipes élaborent un projet de soins individualisé qui reprend les besoins spécifiques de la personne et certains thèmes génériques liés à l'âge. Il vient enrichir le projet personnalisé construit avec la personne. Il est contractualisé avec le résident/représentant.

3 Dossier

Le vieillissement biologique, cognitif et psychologique

Compétences

CT3 Recueillir les informations, s'informer sur les éléments du contexte et de la situation professionnels.

CT3.2 Prendre en compte le degré d'autonomie de la personne.

Je découvre

Anaïs travaille depuis deux ans dans un EHPAD accueillant 50 personnes âgées. La moyenne d'âge des résidents de l'établissement est de 82 ans. Anaïs est donc confrontée aux conséquences du vieillissement de l'organisme dans son activité.

Le vieillissement est l'ensemble des modifications, en dehors de toute maladie, qui se produisent dans l'organisme lors de l'avancée en âge. C'est un phénomène normal. Ces modifications concernent toutes les molécules, toutes les cellules et tous les organes du corps humain. Les cellules se divisent moins et la fabrication des protéines est diminuée. Le vieillissement a des effets sur l'organisme : difficultés à se déplacer, capacité à l'effort diminuée, perte de mémoire…

- **Souligner la définition du vieillissement.**
- **Donner les deux conséquences du vieillissement observées par Anaïs.**

....

- **Citer une autre conséquence du vieillissement.**

....

Activités

ACTIVITÉ 1 L'âge de la vieillesse, les facteurs influençant le vieillissement

1 DOC 1 **Énoncer les trois étapes de la vieillesse actuellement retenues.**

....

....

....

DOC 1 À quel âge est-on vieux ?

Il est très difficile de définir à partir de quel âge on est vieux. La notion de vieillesse est subjective et dépend du ressenti de chaque individu et de la société dans laquelle il vit.

Autrefois, l'espérance de vie pour les hommes était peu élevée (63,4 ans pour les hommes en 1950), on était vieux dès 50 ans. Actuellement, grâce aux progrès médicaux, l'espérance de vie est de 80 ans pour les hommes et de 85,7 ans pour les femmes (chiffres de l'Insee, 2022). De nombreuses personnes âgées de 70 ans jouissent encore d'excellentes capacités physiques et ne se sentent « pas vieilles ».

L'Organisation Mondiale de la Santé (OMS) retient les étapes suivantes : les jeunes seniors pour les personnes âgées de 60 à 75 ans, les seniors pour les personnes âgées 75 à 90 ans et les grands seniors pour les personnes âgées de plus de 90 ans.

2 **Relier les facteurs externes influençant le vieillissement à leurs conséquences.**

Une mauvaise hygiène de vie ●	● Le vieillissement psychique est accéléré quand le cerveau manque de stimulations.
Des expositions répétées au soleil ●	● Une mauvaise alimentation, la sédentarité, le surpoids accélèrent le vieillissement des articulations et du cœur… La consommation de tabac et d'alcool contribue aussi à un vieillissement précoce.
Le manque de stimulations intellectuelle et sensorielle ●	● L'exposition de la peau aux rayons UV accélère le vieillissement cutané.
L'utilisation de pesticides et la pollution ●	● L'exposition à des produits chimiques dangereux ainsi qu'à des particules polluantes dans l'air perturbe le fonctionnement des cellules de notre corps et peut accélérer le vieillissement.

ACTIVITÉ 2 Quelques modifications liées au vieillissement

3 Compléter les modifications dues au vieillissement à l'aide des photographies.

Modifications de la peau	Modification des cheveux	Modification de la silhouette
• .... • Taches de sénescence sur les mains. 	• .... • Cheveux plus fins, clairsemés. 	• .... 

4 DOC 2 Compléter les conséquences du vieillissement pour chaque organe indiqué dans le tableau.

Organe	Oreille 	Yeux 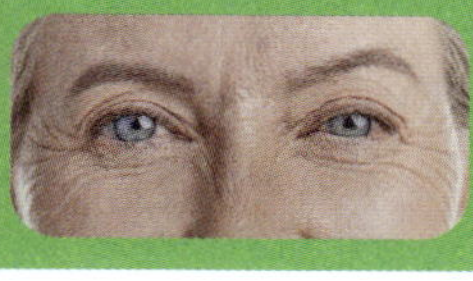	Nez 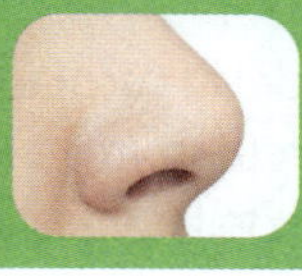	Langue 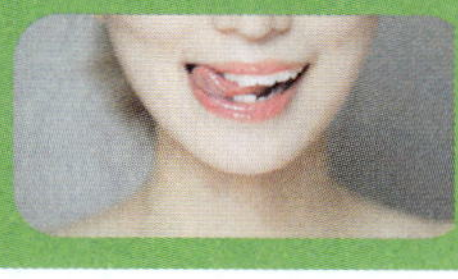
Conséquences du vieillissement	....	....	....	....

5 DOC 2 Surligner les attitudes d'Anaïs face à ces conséquences du vieillissement.

DOC 2 Le vieillissement des organes des sens

- Madame Gand, 86 ans, a de grandes difficultés à entendre malgré le port d'un appareil auditif, surtout dans un environnement bruyant. Cette presbyacousie est liée au vieillissement des cellules ciliées à l'intérieur de l'oreille. Anaïs se met bien en face d'elle pour lui parler, articule et parle suffisamment fort.
- Le vieillissement des yeux s'accompagne de troubles visuels variés et entraîne très souvent une baisse de l'acuité visuelle. Madame Barosi, 94 ans, a une acuité visuelle très diminuée, ne peut plus lire ni se déplacer en sécurité. Anaïs explique à voix haute chacun de ses gestes. Lors de la distribution de repas, elle s'assure que le plateau soit toujours organisé de la même manière pour préserver l'autonomie de madame Barosi.
- Le vieillissement entraîne une diminution des pailles gustatives et olfactives. Madame Guillaume, 86 ans, trouve les repas qui lui sont servis très fades, sans odeurs. Elle a de moins en moins d'appétit. Lors des repas, Anaïs l'encourage à mastiquer, veille à ne pas mélanger les aliments entre eux pour conserver la distinction des saveurs. Elle l'incite à sentir les plats servis.

Texte lu
foucherconnect.fr/24pap013

ACTIVITÉ 3

Le vieillissement biologique de quelques appareils du corps humain

6 Placer les conséquences liées au vieillissement listées ci-dessous dans les encadrés du schéma.

Conséquences liées au vieillissement

- Risque plus grand de fractures
- Risque accru de fausses routes
- Mouvements plus difficiles et plus douloureux
- Digestion plus lente
- Apparition possible d'incontinences
- Baisse de la filtration au niveau des néphrons et ralentissement fonctionnel
- Mastication difficile
- Diminution de la force musculaire

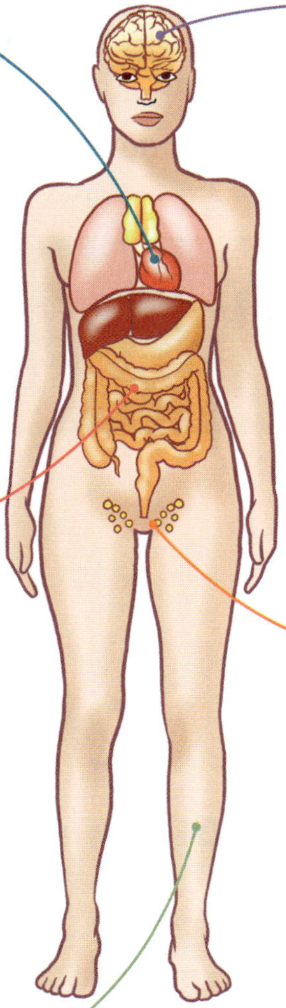

Appareil cardiovasculaire

Les modifications
- Perte d'élasticité et de contractilité du muscle cardiaque.
- Parois des vaisseaux sanguins moins élastiques.

Les conséquences
- Réduction du débit cardiaque et de la vitesse circulatoire.
- Augmentation de la pression artérielle.

Système nerveux

Les modifications
- Diminution du nombre de neurones (cellules nerveuses).
- Diminution de la sécrétion des neurotransmetteurs et de la mélatonine (substances chimiques).

Les conséquences
- Mouvements volontaires moins rapides, ralentissement de l'influx nerveux.
- Rythmes circadiens et sommeil perturbés.

Appareil digestif

Les modifications
- Déchaussement et usure des dents.
- Diminution du réflexe de déglutition.
- Moins de sécrétions de suc gastrique, mouvements gastriques ralentis.

Les conséquences

....

....

....

Appareil urinaire

Les modifications
- Diminution du nombre de néphrons.
- Vieillissement des sphincters de la vessie.

Les conséquences

....

....

....

....

....

Appareil locomoteur

Les modifications
- Diminution de la masse osseuse et de la masse musculaire.
- Usure des cartilages des articulations.

Les conséquences

....

....

....

ACTIVITÉ 4 Le vieillissement cognitif diminution des capacités mentales

7 DOC 3 Compléter les conséquences du vieillissement pour les quatre capacités indiquées dans le tableau.

Capacités	La concentration 	La mémoire 	Le traitement de l'information 	L'attention 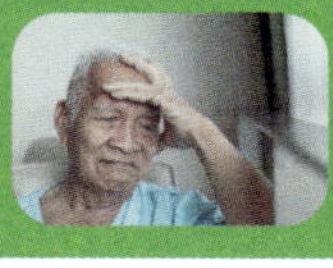
Conséquences du vieillissement	....	....	....	....

DOC 3 Le vieillissement cognitif et ses conséquences

Vidéo foucherconnect.fr/24pap014

Lorsqu'une personne vieillit, son cerveau, comme tous ses autres organes, vieillit.
Le vieillissement cognitif, c'est la diminution avec l'âge des capacités mentales. Ce vieillissement concerne les capacités de concentration, de mémorisation, d'attention et de traitement des informations.
Des symptômes liés à ce vieillissement peuvent apparaître : difficultés à réaliser des activités quotidiennes, difficultés à s'exprimer, pertes de mémoire (oubli d'événements récents, perte d'objets…). Les personnes âgées peuvent donc rencontrer des difficultés de concentration, avoir du mal à rester concentrées longtemps sur une même activité, mettre plus de temps à résoudre des problèmes et être déstabilisées par des évènements nouveaux ou imprévus. Elles sont moins attentives et se fatiguent rapidement lorsque leur environnement est bruyant.

ACTIVITÉ 5 Des exemples d'actions d'Anaïs

8 À partir des activités 3 et 4, cocher l'attitude correcte d'Anaïs.

Anaïs aide chaque jour madame Milési, 90 ans, à s'habiller.	❏ Anaïs réalise cette aide rapidement car elle a beaucoup de personnes à accompagner.	❏ Anaïs veille à adopter une technique personnalisée évitant les mouvements douloureux.
Anaïs réalise l'entretien quotidien de la chambre de monsieur Justin, 87 ans. Il a tendance à chuter facilement.	❏ Anaïs vérifie qu'elle ne laisse rien au sol, que le sol est sec et que les espaces sont dégagés.	❏ Anaïs réalise l'entretien et n'effectue pas de vérifications avant de quitter la chambre.
Madame Latour perd régulièrement ses objets : lunettes, téléphone portable…	❏ Anaïs remet toujours les objets de madame Latour au même endroit, choisi par celle-ci.	❏ Anaïs range les objets de madame Latour tantôt sur la table de la chambre, tantôt dans l'armoire ou sur la table de nuit.
Monsieur Laroche a beaucoup de photos et d'objets familiers sur la commode.	❏ Ces photos et objets font perdre du temps à Anaïs, elle les remet systématiquement dans un tiroir de la commode.	❏ Anaïs veille à remettre ces photos et objets comme ils étaient sur la commode. Elle les utilise pour dialoguer avec monsieur Laroche, faisant ainsi travailler sa mémoire.

Je retiens

Synthèse rédigée et audio
foucherconnect.fr/24pap015

Le vieillissement biologique, cognitif et psychologique

Les modifications liées au vieillissement sont variables selon les organes et appareils et ont des conséquences sur la personne.

Appareil digestif

- ✓ Déchaussement et usure des dents.
- ✓ Diminution du réflexe de déglutition.
- ✓ Moins de sucs gastriques fabriqués.
- ✓ Ralentissement des mouvements digestifs.

- ✓ Mastication difficile.
- ✓ Digestion ralentie.
- ✓ Risque de fausses routes plus important.

Appareil locomoteur

- ✓ Diminution de la masse osseuse et de la masse musculaire.
- ✓ Usure des articulations.

- ✓ Risque de fractures.
- ✓ Moins de force musculaire.
- ✓ Mouvements difficiles, douloureux.

Appareil cardiovasculaire

- ✓ Muscle cardiaque moins élastique et se contractant moins bien.
- ✓ Parois des vaisseaux sanguins moins élastiques.

- ✓ Réduction du débit cardiaque.
- ✓ Augmentation de la pression artérielle.

Appareil urinaire

- ✓ Diminution du nombre de néphrons.
- ✓ Vieillissement des sphincters de la vessie.

- ✓ Incontinences possibles.

Je me teste

Exercice interactif
foucherconnect.fr/24pap016

Relier la modification citée à l'appareil concerné et donner une conséquence du vieillissement sur l'appareil.

Usure des cartilages	•	• 	Conséquence sur cet appareil →	....
Diminution du réflexe de déglutition	•	• 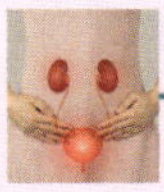	Conséquence sur cet appareil →	....
Vieillissement des sphincters de la vessie	•	• 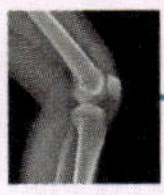	Conséquence sur cet appareil →	....

Dossier 4

La perte d'autonomie et la dépendance

Compétences

C T3 Recueillir les informations, s'informer sur les éléments du contexte et de la situation professionnels.

C T3.2 Prendre en compte le degré d'autonomie de la personne.

Je découvre

Mélanie est agent accompagnant dans un EHPAD. Elle s'interroge sur la perte d'autonomie des personnes qu'elle accompagne et se demande comment elle peut prévenir cette perte et accompagner au mieux.

Comment peut-on évaluer le degré d'autonomie d'une personne ?

Dois-je adapter mes gestes et mes techniques en fonction du degré de dépendance de chaque résident ?

Une personne est dépendante si elle a besoin de l'aide d'une autre personne (professionnel, aidant familial…) pour effectuer les actes essentiels de la vie quotidienne. Il peut s'agir de faire sa toilette, s'habiller, se déshabiller, se déplacer, s'alimenter…
La dépendance peut être partielle ou totale.
L'autonomie c'est la capacité d'une personne à prendre elle-même des décisions concernant sa vie : règles de conduite, orientation de ses actes ou de ses décisions…
Il est important que le personnel accompagnant connaisse le degré de dépendance et d'autonomie des personnes âgées afin d'adapter ses actions.
Il doit aider quand cela est nécessaire, mais surtout ne pas agir à la place de la personne lorsqu'elle est capable d'agir seule.

- **Définir ce qu'est une personne dépendante.**

....

....

- **Énoncer pourquoi il est important que le personnel connaisse le degré d'autonomie des personnes accompagnées.**

....

....

Activités

Activité 1 — Les facteurs qui peuvent entraîner une perte d'autonomie ou une dépendance

DOC 1 Quelques situations de perte d'autonomie

Texte lu foucherconnect.fr/24pap017

❶ Madame Fontaine, 82 ans, est entrée à l'EHPAD après une fracture du col du fémur. Depuis, elle se déplace de moins en moins et très difficilement. Elle n'arrive plus à faire sa toilette complète seule.

❷ Monsieur Bonin, 88 ans, est veuf depuis six mois. Depuis le décès de son épouse, il souffre d'isolement, se nourrit mal, ne quitte plus son fauteuil. Ses enfants lui ont proposé d'intégrer l'EHPAD.

❸ Un diagnostic de maladie d'Alzheimer vient d'être posé pour madame Royer, âgée de 75 ans. Elle est arrivée à l'EHPAD il y a quatre ans. Depuis quelques mois elle se perd dans les couloirs, ne retrouve plus sa chambre et tient de plus en plus souvent des propos incohérents.

1 DOC 1 Pour chaque situation, mentionner le facteur responsable de la perte d'autonomie.

❶ ....

....

❷ ....

....

❸ ....

....

Activité 2 — Les outils d'évaluation de l'autonomie

Vidéo – Comment l'autonomie est-elle évaluée ? foucherconnect.fr/24pap018

2 DOC 2 Nommer l'outil d'évaluation de l'autonomie le plus utilisé et préciser pourquoi c'est un outil réglementaire pour les conseils départementaux.

....

3 DOC 2 Citer ce que permet d'évaluer cet outil.

....

4 DOC 2 Souligner les autres outils et surligner ce qu'ils permettent d'évaluer.

DOC 2 Comment évaluer l'autonomie ou la dépendance ?

Plusieurs outils peuvent être utilisés pour évaluer le degré d'autonomie, il s'agit principalement de grilles.

- La grille AGGIR (Autonomie Gérontologique et Groupe Iso Ressources) est la plus utilisée car c'est l'outil réglementaire rempli par les conseils départementaux pour décider de l'attribution de l'allocation personnalisée d'autonomie (APA). La grille AGGIR permet d'évaluer la perte d'autonomie physique, psychique, domestique et sociale sur la base de 24 critères.
- La grille ADL évalue sur 6 points l'autonomie dans des activités de base de la vie quotidienne : l'hygiène corporelle, l'habillage, aller aux toilettes, la locomotion, la continence, les repas.

- La grille IADL permet d'évaluer le comportement et l'utilisation d'outils usuels : utiliser un téléphone, faire des courses, manipuler et gérer son budget, prendre ses médicaments…

> Fiche outil 2

ACTIVITÉ 2

L'accompagnement de madame Legendre par Mélanie

5 DOC 3 **Compléter le tableau ci-dessous à l'aide de l'exemple donné sur la première ligne.**

	Vrai	Faux	Pourquoi ?
Mélanie doit servir madame Legendre lors des repas.	✗		Lettre C : ne fait pas seule.
Mélanie doit aider madame Legendre pour se lever.			....
Mélanie doit aider partiellement madame Legendre pour manger les aliments préparés.			....
Mélanie doit réaliser l'habillage du haut du corps.			....
Mélanie peut laisser madame Legendre enlever seule son pantalon.			....

DOC 3 Extrait de la grille AGGIR de madame Legendre

Nom : LEGENDRE   Prénom : Gilberte
Numéro d'immatriculation : 2 36 04 54 256 053
Adresse : 56 Rue des peupliers, 54000 Nancy

VARIABLES DISCRIMINANTES - AUTONOMIE PHYSIQUE ET PSYCHIQUE		
COHÉRENCE : converser et/ou se comporter de façon sensée.		A
ORIENTATION : se repérer dans le temps, les moments de la journée et dans les lieux.		B
TOILETTE : concerne l'hygiène corporelle.	Haut	A
	Bas	B
HABILLAGE : s'habiller, se déshabiller, se présenter.	Haut	A
	Moyen	B
	Bas	C
ALIMENTATION : manger les aliments préparés.	Se servir	C
	Manger	B
ÉLIMINATION : assumer l'hygiène de l'élimination urinaire et fécale.	Urinaire	B
	Fécale	A
TRANSFERT : se lever, se coucher, s'asseoir.		B
DÉPLACEMENT À L'INTÉRIEUR : avec ou sans canne, déambulateur, fauteuil roulant…		C
DÉPLACEMENT À L'EXTÉRIEUR : à partir de la porte d'entrée, sans moyen de transport.		
COMMUNICATION À DISTANCE : utiliser les moyens de communication, téléphone, sonnette, alarme…		

A : fait seul, totalement, habituellement, correctement.
B : fait partiellement, non habituellement, non correctement.
C : ne fait pas seul.

Je retiens

Synthèse rédigée et audio foucherconnect.fr/24pap019

La perte d'autonomie et la dépendance

La dépendance

Une personne est dépendante quand elle a besoin d'aide pour effectuer les actes essentiels de la vie quotidienne.

Se laver, s'habiller, se déplacer, se lever, prendre ses repas…

Dépendance partielle

Besoin d'aide pour certains actes de la vie quotidienne (par exemple, seulement une aide pour la toilette).

Dépendance totale

Besoin d'aide dans tous les actes de la vie quotidienne (par exemple, une personne alitée).

L'autonomie

Capacité pour la personne de prendre elle-même des décisions concernant sa vie.

La perte d'autonomie et la dépendance

Évaluées à l'aide de grilles

Cette évaluation permet aux professionnels d'adapter leur accompagnement en fonction du degré d'autonomie de la personne accompagnée.

La grille AGGIR permet de décider de l'attribution de l'allocation personnalisée de l'autonomie.

Je me teste

Exercice interactif foucherconnect.fr/24pap020

Cocher les affirmations exactes.

- ☐ Les personnes dépendantes sont uniquement les personnes alitées en permanence.
- ☐ Une personne dépendante est une personne qui ne peut plus réaliser seule les activités de la vie quotidienne.
- ☐ La grille AGGIR ne sert qu'à attribuer l'allocation personnalisée d'autonomie.
- ☐ Plusieurs outils existent pour évaluer la perte d'autonomie.
- ☐ Le professionnel n'a pas d'intérêt à connaître le degré d'autonomie de la personne qu'il accompagne.
- ☐ Le personnel adapte ses actions en fonction de degré d'autonomie de la personne âgée qu'il accompagne.

Grilles

FICHE OUTIL 2

La grille AGGIR : outil réglementaire pour décider de l'attribution de l'allocation personnalisée de l'autonomie (APA)

GRILLE NATIONALE AGGIR

IDENTIFICATION DE LA PERSONNE EXAMINÉE

cerfa

N° 11510*01

Nom ______________ Prénom ______________

Numéro d'immatriculation : |_|_|_|_|_|_|_|_|_|______ |_|_|

Adresse : ______________ ______________

Code Postal : |_|_|_|__ Commune : ______________

SITUATION AU REGARD DES ACTES ESSENTIELS ET ORDINAIRES DE LA VIE

VARIABLES DISCRIMINANTES - AUTONOMIE PHYSIQUE ET PSYCHIQUE		
COHÉRENCE : converser et / ou se comporter de façon sensée		
ORIENTATION : se repérer dans le temps, les moments de la journée et dans les lieux		
TOILETTE : concerne l'hygiène corporelle	Haut	
	Bas	
HABILLAGE : s'habiller, se déshabiller, se présenter	Haut	
	Moyen	
	Bas	
ALIMENTATION : manger les aliments préparés	Se servir	
	Manger	
ÉLIMINATION : assumer l'hygiène de l'élimination urinaire et fécale	Urinaire	
	Fécale	
TRANSFERT : se lever, se coucher, s'asseoir		
DÉPLACEMENT À L'INTÉRIEUR : avec ou sans canne, déambulateur, fauteuil roulant...		
DÉPLACEMENT À L'EXTÉRIEUR : à partir de la porte d'entrée sans moyen de transport		
COMMUNICATION À DISTANCE : utiliser les moyens de communication, téléphone, sonnette, alarme...		
VARIABLES ILLUSTRATIVES - AUTONOMIE DOMESTIQUE ET SOCIALE		
GESTION : gérer ses propres affaires, son budget, ses biens		
CUISINE : préparer ses repas et les conditionner pour être servis		
MÉNAGE : effectuer l'ensemble des travaux ménagers		
TRANSPORT : prendre et / ou commander un moyen de transport		
ACHATS : acquisition directe ou par correspondance		
SUIVI DU TRAITEMENT : se conformer à l'ordonnance du médecin		
ACTIVITÉS DE TEMPS LIBRE : activités sportives, culturelles, sociales, de loisirs ou de passe-temps		

A : fait seul, totalement, habituellement, correctement.

B : fait partiellement, non habituellement, non correctement.

C : ne fait pas.

À ...., le ....

Signature et cachet du praticien

ATTENTION

Ce document doit être joint, sous pli confidentiel à l'attention du médecin conseil de la caisse primaire d'assurance maladie à l'attestation d'incapacité à accomplir les actes ordinaires de la vie.

FICHE OUTIL 2

Grilles

Grille ADL *(Activities of Dailing Living)* pour évaluer l'autonomie dans les activités de base de vie quotidienne

Items	Valeurs	Résultats
Hygiène corporelle		
Autonomie	1	
Aide partielle	0,5	
Dépendant	0	
Habillage		
Autonomie pour le choix des vêtements et l'habillage	1	
Autonomie pour le choix des vêtements et l'habillage, mais a besoin d'aide pour se chausser	0,5	
Dépendant	0	
Aller aux toilettes		
Autonomie pour aller aux toilettes, se déshabiller et se rhabiller ensuite	1	
Doit être accompagné ou a besoin d'aide pour se déshabiller ou se rhabiller	0,5	
Ne peut aller aux toilettes seul	0	
Locomotion		
Autonomie	1	
A besoin d'aide	0,5	
Grabataire	0	
Continence		
Continent	1	
Incontinence occasionnelle	0,5	
Incontinent	0	
Repas		
Mange seul	1	
Aide pour couper la viande ou peler les fruits	0,5	
Dépendant	0	

Meilleur score = 6 ; score < 3 = dépendance majeure ; score = 0 dépendance totale pour toutes ces activités.

Grille IADL de Lawton *(Instrumental Activities of Dailing Living)* pour évaluer les activités instrumentales de la vie quotidienne, exemple sur 4 activités de la vie quotidienne

Utiliser le téléphone	
Se sert du téléphone de sa propre initiative. Recherche les numéros et les compose…	1
Compose seulement quelques numéros de téléphone bien connus.	2
Peut répondre au téléphone mais ne peut pas appeler.	3
Est incapable d'utiliser le téléphone.	4

Utiliser les transports	
Voyage seul en utilisant les transports publics, le taxi ou en utilisant sa propre voiture.	1
Peut se déplacer seul en taxi mais pas en transports publics.	2
Utilise les transports en commun avec l'assistance d'un tiers.	3
Ne se déplace plus du tout à l'extérieur.	4

Prendre des médicaments	
Prend ses médicaments seul à l'horaire prévu et aux doses prescrites.	1
Prend ses médicaments seul s'ils sont préparés et dosés à l'avance.	2
Est incapable de prendre ses médicaments.	3

Gérer son argent	
Est totalement autonome (gestion du budget, chèques, factures…).	1
Gère ses dépenses au jour le jour mais a besoin d'aide pour la gestion du budget.	2
Incapable de gérer son budget et ses dépenses au jour le jour.	3

Autres grilles
foucherconnect.fr/24pap131

5 Dossier

L'adaptation et la sécurisation d'un espace, la gestion des produits et des matériels

Compétences

CT3 Recueillir les informations, s'informer sur les éléments du contexte et de la situation professionnels.
CT3.3 Identifier les ressources et les contraintes techniques de son intervention.

Je découvre

Ondine travaille dans une résidence autonomie depuis un an. Les chutes sont fréquentes chez certains résidents.
Elle s'interroge sur les moyens de les éviter.

Sur quels aspects faut-il être vigilant lors d'une intervention ?

Quels sont les équipements qui permettent de sécuriser les espaces ?

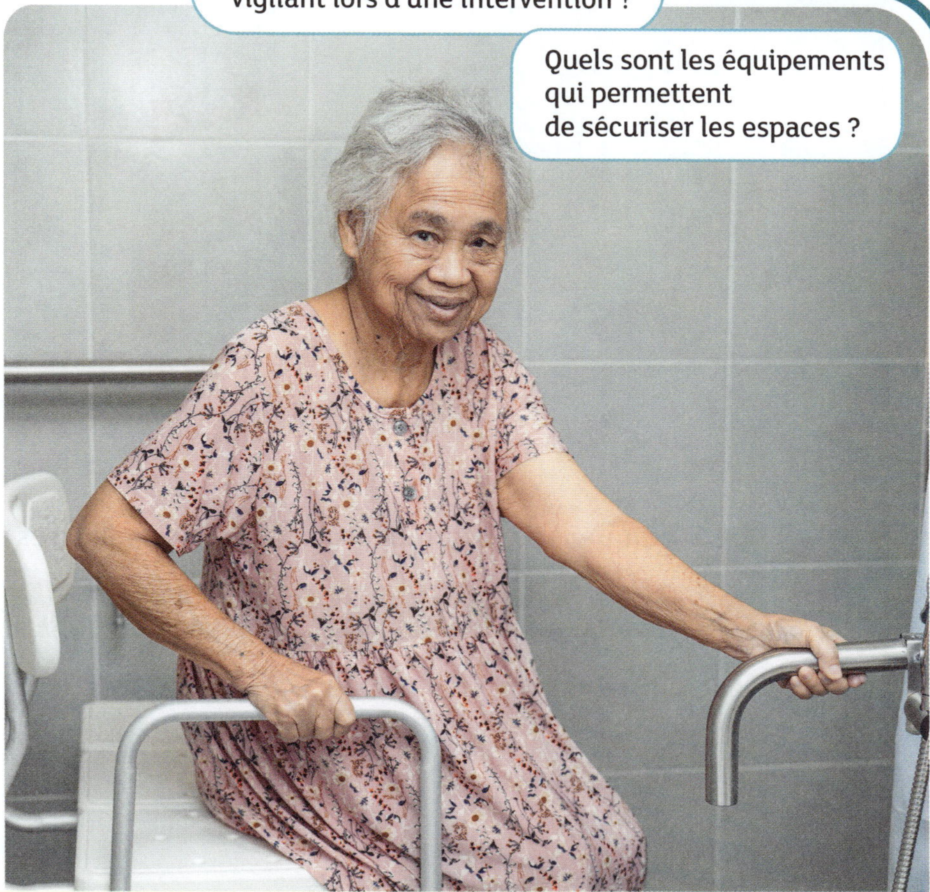

Les risques de chute augmentent avec l'âge. Chez les personnes âgées, ces chutes entraînent 100 000 hospitalisations par an, avec un risque de perte d'autonomie, et plus de 10 000 décès par an (chiffres de 2023). Une chute est toujours potentiellement grave chez une personne âgée.

Il est donc indispensable d'aménager l'environnement et de sécuriser l'espace de vie des personnes âgées pour prévenir et éviter les chutes. Cela permet aussi de maintenir l'autonomie de la personne dans son quotidien et ses déplacements dans son lieu de vie privé et dans les espaces collectifs de l'établissement.

- **Expliquer en quoi une chute est toujours potentiellement grave chez une personne âgée.**

....

- **Énoncer les intérêts pour une personne âgée de la sécurisation de son lieu de vie.**

....

....

Activités

ACTIVITÉ 1 L'adaptation et la sécurisation du lieu de vie

DOC 1 Une salle de bains adaptée à une personne âgée

1 DOC 1 **Lister les éléments qui assurent la sécurité de la personne âgée dans cette salle de bains adaptée.**

....

....

....

....

....

....

....

....

....

....

....

2 DOC 2 **Indiquer si les affirmations sont vraies ou fausses et justifier les réponses fausses.**

Affirmations	Vrai	Faux	Justifications
Les chambres doivent être équipées de tapis pour éviter à la personne âgée de glisser.			....
L'utilisation d'une veilleuse pour les résidents se levant la nuit sécurise leurs déplacements.			....
La surface de la chambre doit être dégagée pour faciliter les déplacements en déambulateur ou en fauteuil roulant.			....
Il est possible de laisser des allonges électriques sur le sol pour alimenter les différents appareils.			....
Il est souhaitable de mettre les objets régulièrement utilisés par le résident à portée de mains.			....

Texte lu foucherconnect.fr/24pap021

DOC 2 La sécurisation de la chambre

- La chambre doit être adaptée aux déplacements en toute sécurité de la personne âgée : il convient de limiter son encombrement en évitant les meubles non indispensables. Un espace libre suffisant est nécessaire surtout si la personne se déplace avec un déambulateur ou en fauteuil roulant.
- Les tapis, source fréquente de chutes, doivent être retirés afin d'éviter à la personne âgée de tomber. Si la personne souhaite conserver un tapis, il doit être fixé au sol avec du ruban adhésif double face pour éviter qu'elle ne trébuche. Le revêtement de sol des chambres ne doit pas être glissant, certains établissements commencent à utiliser des moquettes à propriétés spécifiques (faciles d'entretien) pour amortir les chutes.
- Tous les éléments qui peuvent constituer une entrave aux déplacements sécurisés sont à enlever : fils électriques à même le sol (comme les allonges électriques…), petits objets posés sur les circuits de déplacements…
- L'éclairage doit être suffisant. Une veilleuse est parfois installée dans les chambres de résidents se levant fréquemment la nuit.
- Lors de l'entretien de la chambre, **Ondine** vérifie que le sol est sec, non encombré et que les objets indispensables sont bien remis à la portée du résident pour éviter les déplacements inutiles.

> Fiche outil 3

3 DOC 3 **Proposer, pour chaque encadré, l'élément permettant de garantir la sécurité de la personne.**

Pour régler la hauteur du lit et faciliter le lever et le coucher. → ....

Pour permettre au résident de se relever dans le lit. → ....

Pour permettre au résident de prendre appui pour se lever. → ....

DOC 3 Un lit adapté

Le lit doit être adapté pour permettre au résident de se lever ou se coucher en toute autonomie et sécurité.

- Un lit muni d'une télécommande permet à la personne de régler sa hauteur. Cela facilite le coucher et lever.
- Une potence à la tête du lit permet à la personne de se relever seule sans risque de chute.
- L'installation d'une barre sur un côté du lit permet d'avoir un appui et d'éviter les chutes lors du lever.

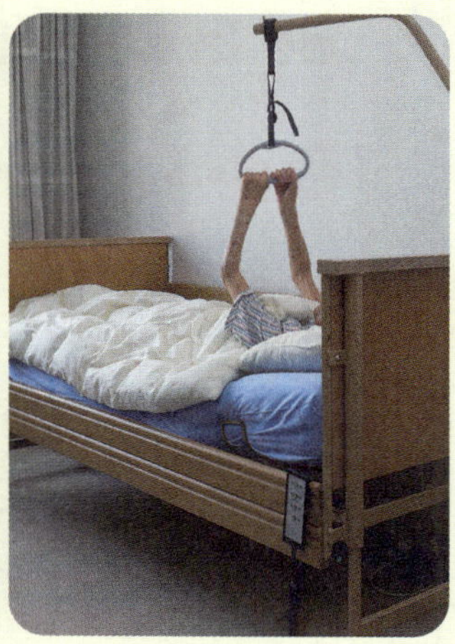

ACTIVITÉ 2

La sécurisation des espaces collectifs

4 DOC 4 **Relever les éléments de sécurité des couloirs et justifier leurs intérêts.**

....

....

....

....

....

....

....

....

DOC 4 L'aménagement des circulations

Texte lu foucherconnect.fr/24pap022

Les espaces collectifs, couloirs, salle d'animation, salle de restauration, sont conçus pour faciliter les déplacements en toute sécurité.
Tous les couloirs sont très larges pour permettre le passage d'un fauteuil roulant. Ils sont munis de main courante des deux côtés à une hauteur adaptée aux résidents âgés afin qu'ils puissent y prendre appui.
Des espaces de repos (fauteuils) sont prévus à distance régulière dans ces couloirs pour permettre aux résidents qui se fatiguent vite de se reposer.
Certains établissements prévoient des chemins lumineux dans les couloirs. Les lampes s'allument automatiquement lors d'une détection de présence. Elles éclairent ainsi l'espace et évitent les chutes.
Une signalétique claire, visible et adaptée aux capacités cognitives des résidents leur permet de s'orienter dans les locaux.
Par exemple, la personnalisation de la porte de leur chambre (avec une couleur, un dessin, leur portrait.) leur permet de la retrouver aisément. Des couleurs différentes leur permettent de reconnaître les différentes zones de la structure.

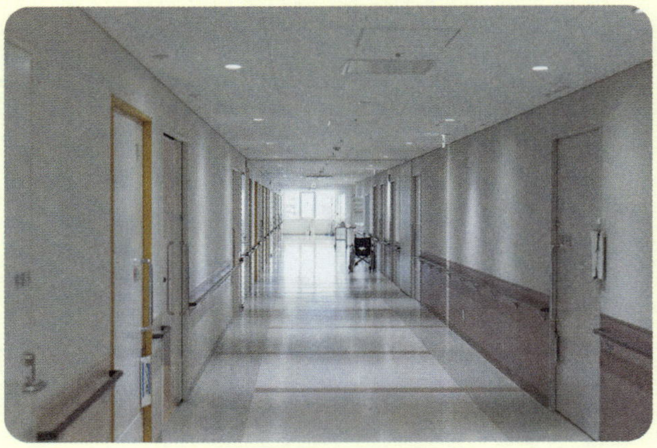

ACTIVITÉ 3

La domotique et la technologie au service de la sécurité et du bien-être

Domotique
Ensemble des installations et équipements automatisés pouvant être contrôlés à distance.

5 DOC 5 **Souligner les intérêts de la domotique et de la technologie.**

DOC 5 L'apport des technologies

De plus en plus de structures d'accueil de personnes âgées utilisent la **domotique** et la technologie pour sécuriser les lieux, simplifier la vie des résidents et assurer leur bien-être.
La température de la chambre peut être réglée à distance, l'éclairage avec une télécommande, etc. Toute cette domotique doit permettre de concilier la sécurité et la nécessaire liberté d'aller et venir de la personne âgée.

6 À l'aide de la liste suivante, indiquer le nom des objets et relier-les à leurs intérêts.

- Bracelet ou médaillon connecté • Télécommande pour volets • Système d'appel d'urgence
- Bracelet balise GPS

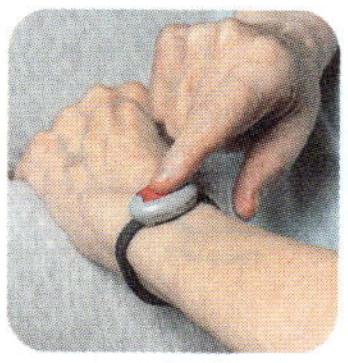

Nom : ....

....

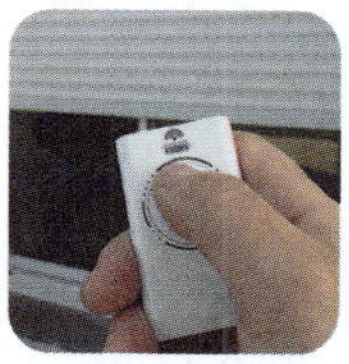

Nom : ....

....

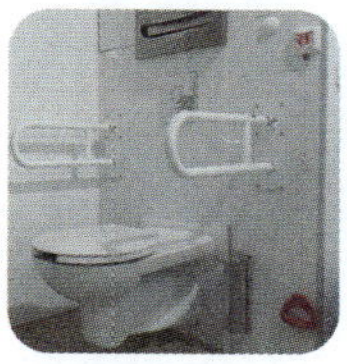

Nom : ....

....

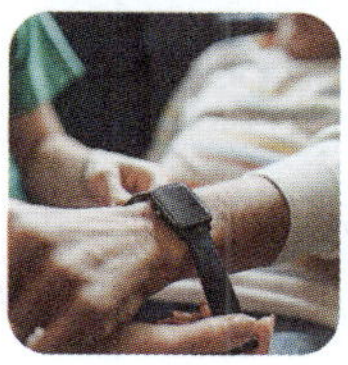

Nom : ....

....

- L'ouverture et la fermeture des volets à distance offrent un confort de vie aux personnes âgées qui n'ont plus la force de les manœuvrer manuellement et leur évitent un déplacement.
- L'installation d'appel d'urgence dans la chambre et dans la salle de bains permet une mise en contact 24 h/24 avec un professionnel de la structure.
- La téléassistance, *via* un bracelet ou un médaillon, permet la mise en relation avec une plateforme d'assistance et une intervention rapide en cas de chute ou malaise.
- Le port d'une balise, notamment en unité d'Alzheimer, permet de localiser rapidement les résidents et d'éviter qu'ils ne se perdent.

ACTIVITÉ 4

La gestion des produits et des matériels

7 DOC 6 Surligner l'intérêt de la gestion des matériels et produits.

8 DOC 6 Compléter les encadrés.

Gestion des produits d'entretien pour les espaces de vie →	Par qui ? .... →	Comment ? ....
Gestion des produits et matériels personnels →	Par qui ? .... →	Comment ? ....

DOC 6 Pourquoi et comment gérer les matériels et produits ?

Texte lu foucherconnect.fr/24pap023

Les produits et matériels nécessaires aux activités d'entretien des espaces de vie font l'objet d'une gestion rigoureuse par l'établissement afin d'éviter le gaspillage et les ruptures de stocks. Un professionnel de l'équipe est nommé référent et assure cette gestion et le déclenchement des commandes. Chaque membre de l'équipe renseigne une fiche de stocks partagée, numérisée ou non. Le référent passe les commandes dès qu'un seuil plancher est atteint.
Pour les produits et matériels personnels d'hygiène de la personne âgée : c'est la personne elle-même et sa famille qui gèrent les achats. Le personnel doit éventuellement alerter oralement le résident ou son entourage quand il y a nécessité de renouveler les produits ou les matériels.
Certains matériels peuvent être la propriété de l'établissement et être prêtés aux résidents : déambulateurs, fauteuils roulants, enfile chaussettes… Un document recense tous ces matériels. Ils sont marqués du logo de la structure pour éviter les pertes. Un protocole d'entretien pour éviter les bio contaminations est rédigé.

Je retiens

Synthèse rédigée et audio
foucherconnect.fr/24pap024

L'adaptation et la sécurisation d'un espace, la gestion des produits et des matériels

La sécurisation et l'adaptation des espaces permettent à la personne de conserver son autonomie et de se déplacer en toute sécurité.

La salle de bains

- ✓ Douche facile d'accès.
- ✓ Barres d'appui dans la douche.
- ✓ Appel d'urgence.
- ✓ Siège pour s'asseoir dans la douche.
- ✓ Barres pour se relever des toilettes.

Les espaces collectifs

- ✓ Couloirs larges, non encombrés et munis d'une main courante des deux côtés à une hauteur adaptée.
- ✓ Espaces de repos et chemins lumineux.
- ✓ Portes larges avec des repères visuels.

La chambre

- ✓ Encombrement limité, espace suffisant pour se déplacer.
- ✓ Suppression des éléments qui peuvent être sources de chutes.
- ✓ Revêtement de sol non glissant.
- ✓ Veilleuse pour sécuriser les déplacements la nuit.
- ✓ Utilisation de la domotique.

Le lit

- ✓ Muni d'une télécommande pour régler la hauteur.
- ✓ Barre sur un côté pour avoir un appui.
- ✓ Potence à la tête pour se relever facilement.

Utilisation de dispositifs

- ✓ Téléassistance avec bracelet ou médaillon connecté, balise GPS.

L'ensemble des activités d'accompagnement nécessite des matériels et des produits.

Pour éviter des ruptures de stocks, une gestion rigoureuse de ces stocks est impérative : utilisation de fiches de stocks partagées par l'équipe, nomination d'un professionnel référent…

Je me teste

Exercice interactif
foucherconnect.fr/24pap025

Cocher la ou les bonnes réponses.

La domotique et la technologie ont pour intérêts :
- ☐ de surveiller en permanence le résident.
- ☐ de favoriser le bien-être de la personne âgée.
- ☐ de sécuriser le lieu de vie.
- ☐ d'éviter les déplacements.

Des éléments de sécurisation

FICHE OUTIL 3

Les barres de douche/WC

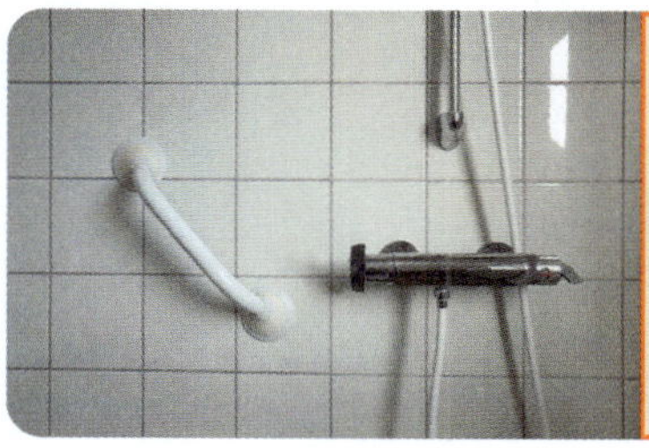

Elles permettent de se maintenir pour conserver son équilibre, de se relever de la position assise.

Le siège de douche

Le siège de douche permet à la personne âgée de prendre sa douche tout en étant assise, limitant ainsi le risque de chute dans cet environnement mouillé et la fatigue.

Les rampes dans les couloirs des structures d'accueil

Les rampes des deux côtés des circulations permettent aux personnes âgées d'avoir un appui permanent pour se déplacer en toute sécurité.

Les chemins lumineux pour garantir un éclairage suffisant

L'éclairage s'allume dès lors qu'une présence est détectée permettant ainsi de sécuriser les déplacements en offrant une luminosité suffisante.

La potence de lit

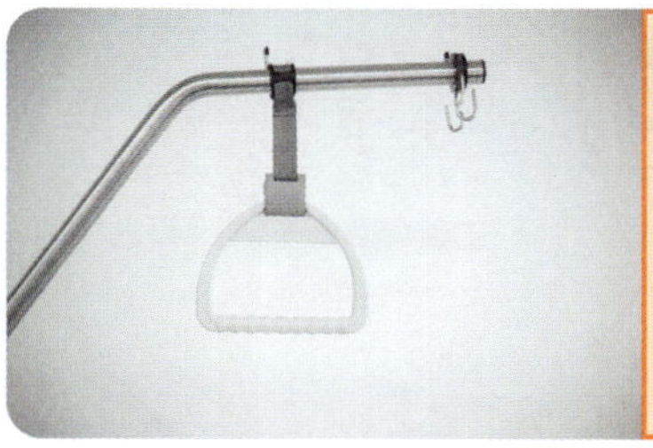

La potence positionnée en tête du lit permet à la personne âgée de relever dans son lit en toute sécurité et autonomie.

FICHE OUTIL 3

Des éléments de sécurisation

Les barres d'appui

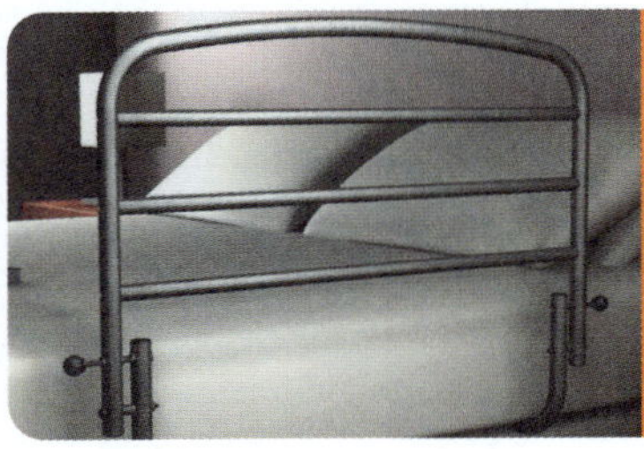

La barre d'appui placée sur un côté du lit facilite le passage en position assise dans le lit.

Un lit adapté

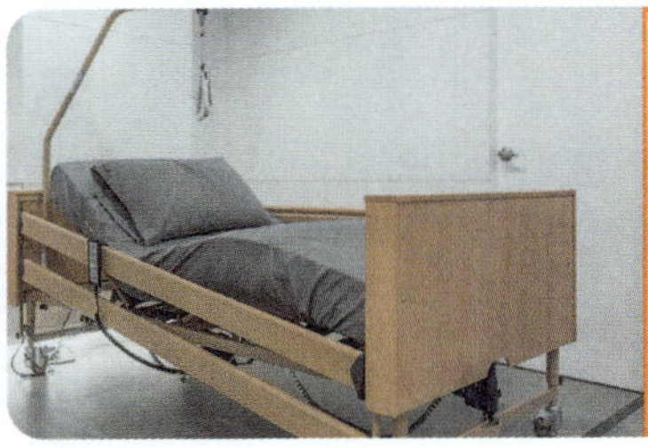

Lit avec les accessoires tels que potence, barres…
Lit à hauteur variable, réglable avec une télécommande pour faciliter les transferts couché/debout.
Lit sur roulettes avec freins.

La domotique et la technologie au service de l'autonomie et de la sécurisation

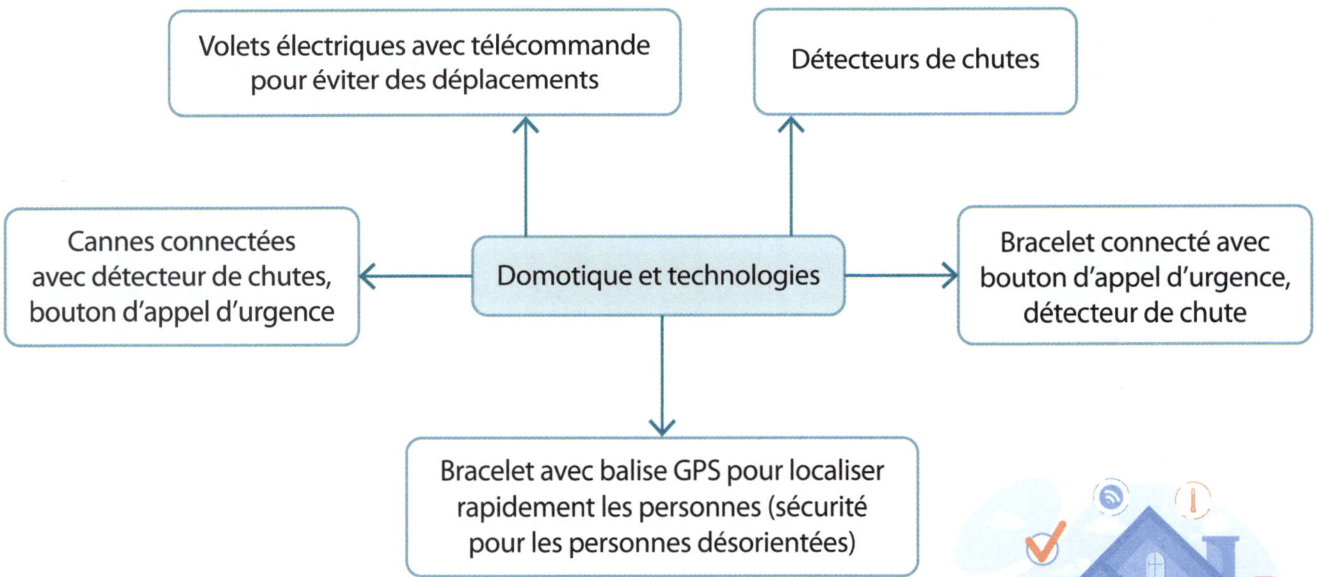

Dossier 6

Les différentes chartes, laïcité, éthique et déontologie

Compétences

CT3 Recueillir les informations, s'informer sur les éléments du contexte et de la situation professionnels.
CT3.4 Prendre en compte les dimensions éthiques et déontologiques de son intervention.

Je découvre

Sarah, agent d'accompagnement, vient d'installer madame Labey, nouvellement arrivée à l'EHPAD. Celle-ci s'inquiète de ne pas pouvoir aller à la messe tous les dimanches. Sarah l'informe de la présence dans l'établissement de représentants des différents cultes, dont un prêtre. Madame Labey pourra le rencontrer pour envisager avec lui la possibilité de pratiquer sa religion.

Un résident peut-il demander à exercer sa religion dans un EHPAD ?

Laïcité, de quoi parle-t-on ?

- La laïcité implique la neutralité de l'État et impose l'égalité de tous devant la loi sans distinction de religion ou conviction. La laïcité garantit aux croyants et aux non-croyants le même droit à la liberté d'expression de leurs croyances ou convictions.
- Les usagers accueillis à temps complet dans un service public, notamment au sein d'établissements médico-sociaux, hospitaliers ou pénitentiaires ont droit au respect de leurs croyances et de participer à l'exercice de leur culte, sous réserve des contraintes découlant des nécessités du bon fonctionnement du service.

- **Compléter le dessin avec les trois principes de la laïcité.**

....

....

....

- **Un résident peut-il exercer sa religion dans un EHPAD ?**

....

....

Activités

Activité 1 — Les différentes chartes en usage dans les services et établissements accueillant des personnes âgées

1 Pour chacune des chartes présentées dans la > Fiche outil 4, indiquer les personnes qu'elles concernent.

Charte	Personnes cibles
Charte de la laïcité dans les services publics.	....
Charte des droits et libertés de la personne âgée en situation de handicap ou de dépendance.	....

Activité 2 — Les droits et libertés de la personne âgée dépendante

2 Indiquer le nom du document qui précise les droits de la personne âgée dépendante. > Fiche outil 4

....

3 Indiquer dans les encadrés les objectifs énoncés dans la phrase d'introduction de cette charte.

Respect de la personne âgée

(4 encadrés à compléter : ....)

4 Pour chaque situation, indiquer le numéro de l'article de la charte concerné.

Situation	Article N°
a. Monsieur Durand souhaite voter pour les élections régionales.	....
b. Madame Khelifi souhaite accrocher les photographies de ses petits enfants dans sa chambre.	....
c. Lors d'un bilan médical, le médecin explique à monsieur Lassalle le nouveau traitement qu'il souhaite mettre en place.	....
d. Anita, l'animatrice, encourage monsieur Léon à poursuivre sa participation au club de tarot.	....
e. Sania, aide-soignante, sollicite la participation de madame Novelo pour sa toilette.	....

ACTIVITÉ 3 L'éthique et la déontologie

5 DOC 1 Indiquer pour chaque situation s'il s'agit d'éthique ou de déontologie.

Face à la douleur ressentie par ses patients atteints de la maladie d'Alzheimer, la gériatre de l'EHPAD s'interroge sur la façon d'accompagner au mieux la fin de vie.

→ ....

Mehdi, infirmier, explique à Tania, agent accompagnant, l'obligation du respect du secret professionnel dans l'exercice de sa profession.

→ ....

DOC 1 Des définitions

Texte lu foucherconnect.fr/24pap026

La déontologie est l'ensemble des règles que se donne une profession ou qu'on impose à cette profession. Ces règles sont rassemblées dans un document appelé code de déontologie.

L'éthique est une science qui étudie les jugements de valeurs sur les conduites humaines. Elle invite le professionnel à s'interroger sur le sens de son action et à apporter la meilleure réponse à la situation à laquelle il est confronté.

ACTIVITÉ 4 La laïcité

6 Relier chaque vignette au principe de la laïcité qu'elle illustre.

Neutralité de l'État • Liberté d'expression • Égalité de tous devant la loi •

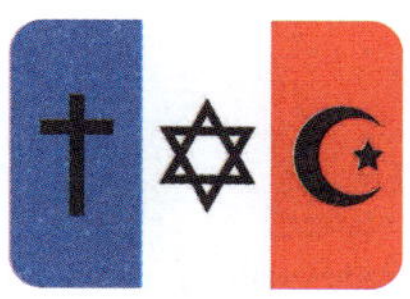

7 Après lecture des chartes de la laïcité, indiquer si chaque proposition est vraie ou fausse.

> Fiche outil 4

Propositions	Vrai	Faux
Sarah, agent d'accompagnement, peut refuser de faire la toilette d'un résident en raison de sa religion.		
Madame Amina peut lire le Coran dans sa chambre.		
Face aux demandes de plusieurs résidents, la direction de l'EHPAD peut envisager de créer un service d'aumônerie dans l'établissement.		
Sarah, agent d'accompagnement, peut imposer aux résidents de regarder la messe dominicale dans la salle de télévision.		
La direction peut embaucher ses agents en fonction de leur religion.		

Je retiens

Synthèse rédigée et audio foucherconnect.fr/24pap027

Les différentes chartes, laïcité, éthique et déontologie

Charte des droits et libertés de la personne âgée en situation de handicap ou de dépendance

Objectifs

Reconnaître la dignité de la personne âgée devenue dépendante et préserver ses droits.

14 principes

Dont :
- ✓ choix de vie,
- ✓ présence et rôle des proches,
- ✓ valorisation de l'activité,
- ✓ liberté d'expression et liberté de conscience,
- ✓ préservation de l'autonomie…

Exemples pour les usagers :
- respect des croyances,
- possibilité d'exercer sa religion.

Exemples pour les agents :
- devoir de neutralité,
- interdiction de manifester ses convictions religieuses dans l'exercice de ses fonctions.

Laïcité
- Liberté de conscience
- Neutralité de l'État
- Égalité des droits pour tous
- Aucun prosélytisme

Éthique
- Principes et valeurs morales
- Morale personnelle

Déontologie
- Règles et devoirs
- Cadre partagé et commun d'une profession (code)

Je me teste

Exercice interactif foucherconnect.fr/24pap028

Relier la proposition au principe correspondant de la charte des droits et libertés de la personne âgée dépendante. > Fiche outil 4

Sarah propose à madame Labey de participer à l'atelier bridge, sachant qu'elle est une joueuse émérite. •	• 4. Présence et rôle des proches
L'EHPAD permet aux proches de ses résidents de déjeuner avec eux. •	• 3. Vie sociale et culturelle
Chaque jeudi, Sarah accompagne les résidents qui le souhaitent à la bibliothèque municipale. •	• 6. Valorisation de l'activité

Quatre exemples de chartes mises en application dans les établissements et services accueillant des personnes âgées

FICHE OUTIL 4

RÉPUBLIQUE FRANÇAISE
Liberté
Égalité
Fraternité

SERVICES PUBLICS+

CHARTE DE LA LAÏCITÉ DANS LES SERVICES PUBLICS

LA REPUBLIQUE EST LAÏQUE

La France est une République indivisible, laïque, démocratique et sociale.

Elle assure **l'égalité devant la loi de tous les citoyens** sans distinction d'origine ou de religion. Elle garantit des droits égaux aux hommes et aux femmes et respecte toutes les croyances.

Nul ne doit être inquiété pour ses opinions, notamment religieuses, pourvu que leur manifestation ne trouble pas l'ordre public établi par la loi.

La liberté de religion ou de conviction ne rencontre que des limites nécessaires au respect du pluralisme religieux, à la protection des droits et libertés d'autrui, aux impératifs de l'ordre public et au maintien de la paix civile.

La République assure la liberté de conscience et garantit le libre exercice des cultes dans les conditions fixées par la loi du 9 décembre 1905.

Pour assurer cette conciliation entre liberté de conscience de chacun et égalité de tous, la laïcité s'impose à l'ensemble des services publics, quel que soit leur mode de gestion.

LES AGENTS DU SERVICE PUBLIC

Toute discrimination dans l'accès aux emplois publics et le déroulement de carrière des agents **est interdite.**

Tout agent public **a un devoir de stricte neutralité** dans l'exercice de ses fonctions.

Tout agent du service public incarne les valeurs de ce dernier et est tenu de se montrer **exemplaire** dans l'exercice de ses fonctions. Il doit **traiter également tous les usagers et respecter leur liberté de conscience.**

Le principe de laïcité lui interdit de manifester ses convictions religieuses dans l'exercice de ses fonctions, quelles qu'elles soient. Ne pas respecter cette règle constitue un manquement à ses obligations pouvant donner lieu à l'engagement de poursuites disciplinaires.

La liberté de conscience est garantie aux agents publics. S'ils peuvent bénéficier d'autorisations d'absence pour participer à une fête religieuse, c'est à la condition qu'elles soient compatibles avec les nécessités du fonctionnement normal du service. **Il appartient au chef de service de faire respecter les principes de neutralité et de laïcité par les agents sur lesquels il a autorité.**

Les mêmes obligations s'appliquent aux salariés de droit privé lorsqu'ils participent à une mission de service public.

LES USAGERS DU SERVICE PUBLIC

Tous les usagers sont égaux devant le service public. Ils peuvent exprimer leurs convictions religieuses dans les limites du respect de la neutralité du service public et des lois qui le régissent, de son bon fonctionnement et des impératifs d'ordre public, de sécurité, de santé et d'hygiène. **Les usagers doivent s'abstenir de toute forme de prosélytisme.**

Le principe de laïcité **interdit à quiconque de se prévaloir de ses croyances religieuses pour s'affranchir des règles communes** régissant les relations entre collectivités publiques et particuliers.

A ce titre, ils ne peuvent récuser un agent public ou d'autres usagers, ni exiger une adaptation du fonctionnement du service public ou d'un équipement public en se fondant sur des considérations religieuses. Dans les cas les plus graves, des sanctions pénales peuvent être appliquées.

Lorsque la vérification de l'identité est nécessaire, les usagers doivent se conformer aux obligations qui en découlent.

Les usagers accueillis à temps complet dans un service public, notamment au sein d'établissements médico-sociaux, hospitaliers ou pénitentiaires **ont droit au respect de leurs croyances** et d'exercer leur culte, sous réserve des contraintes découlant des nécessités du bon fonctionnement du service.

Charte de la Laïcité

EN HÔPITAUX ET CLINIQUES PRIVÉS

Tous les patients sont soignés et accompagnés de la même façon quelles que soient leurs croyances ou absence de croyances religieuses.

L'établissement respecte les croyances et convictions des personnes accueillies. Les patients ont le droit d'exprimer leurs croyances et convictions religieuses. La liberté religieuse du patient s'exerce dans un cadre intime (chambre seule et/ou lieu adapté dans l'établissement).

Tout prosélytisme est interdit, qu'il soit le fait d'une personne hospitalisée, d'un visiteur, d'un membre du personnel ou d'un bénévole.

Une liste des représentants des différents cultes est tenue à disposition des patients qui demandent à entrer en contact avec l'un ou plusieurs d'entre eux.

Toute personne peut choisir son praticien sous réserve que les modalités d'organisation de l'établissement ne s'y opposent pas et qu'il ne s'agit pas d'une situation d'urgence. L'établissement explique les contraintes de services aux patients qui expriment des préoccupations d'ordre religieux.

Les patients ne peuvent récuser le personnel soignant ou d'autres usagers à raison de la religion effective ou supposée de ceux-ci, ni exiger une adaptation du fonctionnement de l'établissement ou d'un équipement. Cependant, l'établissement s'efforce de prendre en considération les convictions de ses usagers dans le respect des règles auquel il est soumis et de son bon fonctionnement.

Phocéanne Sud
FHP
FÉDÉRATION DE L'HOSPITALISATION PRIVÉE
106 rue d'Amsterdam 75009 Paris
01 53 83 56 56 - com.fhp@fhp.fr
www.fhp.fr

DTAQ ORG 154 - Version 1 - Octobre 2020

Charte des droits et libertés de la personne âgée en situation de handicap ou de dépendance

Lorsqu'il sera admis et acquis que toute personne âgée en situation de handicap ou de dépendance est respectée et reconnue dans sa dignité, sa liberté, ses droits et ses choix, cette charte sera appliquée dans son esprit.

1. Choix de vie
Toute personne âgée devenue handicapée ou dépendante est libre d'exercer ses choix dans la vie quotidienne et de déterminer son mode de vie.

2. Cadre de vie
Toute personne âgée en situation de handicap ou de dépendance doit pouvoir choisir un lieu de vie - domicile personnel ou collectif - adapté à ses attentes et à ses besoins.

3. Vie sociale et culturelle
Toute personne âgée en situation de handicap ou de dépendance conserve la liberté de communiquer, de se déplacer et de participer à la vie en société.

4. Présence et rôle des proches
Le maintien des relations familiales, des réseaux amicaux et sociaux est indispensable à la personne âgée en situation de handicap ou de dépendance.

5. Patrimoine et revenus
Toute personne âgée en situation de handicap ou de dépendance doit pouvoir garder la maîtrise de son patrimoine et de ses revenus disponibles.

6. Valorisation de l'activité
Toute personne âgée en situation de handicap ou de dépendance doit être encouragée à conserver des activités.

7. Liberté d'expression et liberté de conscience
Toute personne doit pouvoir participer aux activités associatives ou politiques ainsi qu'aux activités religieuses et philosophiques de son choix.

8. Préservation de l'autonomie
La prévention des handicaps et de la dépendance est une nécessité pour la personne qui vieillit.

9. Accès aux soins et à la compensation des handicaps
Toute personne âgée en situation de handicap ou de dépendance doit avoir accès aux conseils, aux compétences et aux soins qui lui sont utiles.

10. Qualification des intervenants
Les soins et les aides de compensation des handicaps que requièrent les personnes malades chroniques doivent être dispensés par des intervenants formés, en nombre suffisant, à domicile comme en institution.

11. Respect de la fin de vie
Soins, assistance et accompagnement doivent être procurés à la personne âgée en fin de vie et à sa famille.

12. La recherche : une priorité et un devoir
La recherche multidisciplinaire sur le vieillissement, les maladies handicapantes liées à l'âge et les handicaps est une priorité. C'est aussi un devoir.

13. Exercice des droits et protection juridique de la personne vulnérable
Toute personne en situation de vulnérabilité doit voir protégés ses biens et sa personne.

14. L'information
L'information est le meilleur moyen de lutter contre l'exclusion.

fng
Fondation Nationale de Gérontologie
49, rue Mirabeau – 75016 PARIS
Tel : 01 55 74 67 00 – www.fng.fr

Version révisée 2007

Liberté • Égalité • Fraternité
RÉPUBLIQUE FRANÇAISE
MINISTÈRE DU TRAVAIL, DES RELATIONS SOCIALES ET DE LA SOLIDARITÉ

FICHE OUTIL 4

Quatre exemples de chartes mises en application dans les établissements et services

Extrait de la charte des droits et libertés de la personne accueillie

La loi N° 2002-2 du 2 janvier 2002 rénovant l'action sociale et médico-sociale a notamment pour objectif de développer les droits des usagers fréquentant les établissements et services sociaux et médico-sociaux. La charte des droits et libertés de la personne accueillie est parue dans l'annece à l'arreté du 8 septembre 2003.

Charte de la personne accueillie

Principes généraux*

Arrêté du 8 septembre 2003

Principe de non-discrimination
Nul ne peut faire l'objet d'une discrimination, quelle qu'elle soit, lors de la prise charge ou de l'accompagnement.

Droit à une prise en charge ou à un accompagnement
L'accompagnement qui vous est proposé est individualisé et le plus adapté possible à vos besoins.

Droit à l'information
Les résidents ont accès à toute information ou document relatifs à leur accompagnement, dans les conditions prévues par la loi ou la réglementation.

Principe du libre choix, du consentement éclairé et de la participation de la personne
- Vous disposez du libre choix entre les prestations adaptées qui vous sont offertes.
- Votre consentement éclairé est recherché en vous informant, des conditions et conséquences de la prise en charge et de l'accompagnement et en veillant à votre compréhension.
- Le droit à votre participation directe, à la conception et à la mise en œuvre de votre projet individualisé vous est garanti.

Droit à la renonciation
Vous pouvez à tout moment renoncer par écrit aux prestations dont vous bénéficiez et quitter l'établissement.

Droit au respect des liens familiaux
La prise en charge ou l'accompagnement favorisent le maintien des liens familiaux, dans le respect des souhaits de la personne.

Droit à la protection
Le respect de la confidentialité des informations vous concernant est garanti dans le cadre des lois existantes. Il vous est également garanti le droit à la protection, à la sécurité, à la santé et aux soins.

Droit à l'autonomie
Dans les limites définies dans le cadre de la prise en charge ou de l'accompagnement, il vous est garanti de pouvoir circuler librement, ainsi que de conserver des biens, effets et objets personnels et de disposer de votre patrimoine et de vos revenus.

Principe de prévention et de soutien
Les conséquences affectives et sociales qui peuvent résulter de la prise en charge ou de l'accompagnement doivent être prises en considération. Les moments de fin de vie doivent faire l'objet de soins, d'assistance et de soutien adaptés dans le respect de vos convictions.

Droit à l'exercice des droits civiques attribués à la personne accueillie
L'exercice effectif de la totalité de vos droits civiques et de vos libertés individuelles est facilité par l'établissement.

Droit à la pratique religieuse
Les personnels et les résidents s'obligent au respect mutuel des croyances, convictions et opinions. Ce droit à la pratique religieuse s'exerce dans le respect de la liberté d'autrui et sous réserve que son exercice ne trouble pas le fonctionnement normal de l'établissement.

Respect de la dignité de la personne et de son intimité
Le respect de la dignité et de l'intégrité de la personne est garanti.

7 Dossier

Le secret professionnel, le secret partagé, la discrétion, les valeurs, les normes

Compétences
CT3 Recueillir les informations, s'informer sur les éléments du contexte et de la situation professionnels.
CT3.4 Prendre en compte les dimensions éthiques et déontologiques de son intervention.

Je découvre

Mina est agent d'accompagnement dans un EHPAD. En rentrant chez elle, elle rencontre son amie Flore dans le bus. Après quelques échanges, Flore demande à Mina des nouvelles de madame Dubois, son ancienne voisine, qui vient d'intégrer l'EHPAD. Mina se demande si elle a le droit de répondre aux questions de Flore.

Article 226-13 du Code pénal :
« La révélation d'une information à caractère secret par une personne qui en est dépositaire soit par état ou par profession, soit en raison d'une fonction ou d'une mission temporaire, est punie d'un an d'emprisonnement et de 15 000 euros d'amende. »

Le secret professionnel est donc une obligation encadrée par la loi. Il concerne toutes les informations confiées à certains professionnels, en particulier les professionnels des établissements de santé et médico-sociaux, lors de l'exercice de leur profession. Ces informations peuvent être entendues, vues, comprises ou déduites ; elles ne doivent pas être divulguées par le professionnel.

- **Indiquer si Mina peut répondre à Flore et justifier la réponse.**

....

....

- **Indiquer ce que Mina risque si elle répond à la demande de Flore.**

....

Activités

ACTIVITÉ 1 Le secret professionnel

1 DOC 1 **Surligner le droit mentionné.**

2 DOC 1 **Proposer une définition du secret professionnel.**

....

....

3 **Pour chacune des situations, indiquer si le professionnel est tenu au secret professionnel.**

Situation	Le professionnel cité est-il tenu au secret professionnel ?	
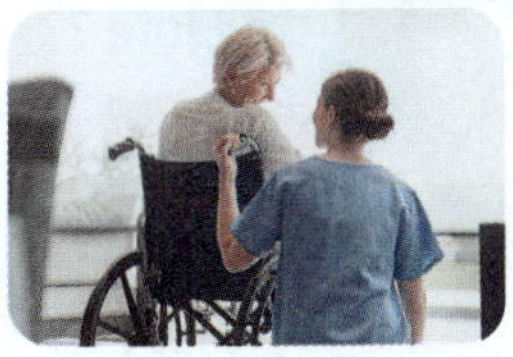 À l'EHPAD, **Mina** accompagne madame Dubois et dix autres résidents.	❑ Oui	❑ Non
 Amina, boulangère, livre tous les jours le pain à l'EHPAD.	❑ Oui	❑ Non
 Gabrielle, assistante de service social, accompagne les résidents de l'EHPAD dans leurs démarches.	❑ Oui	❑ Non
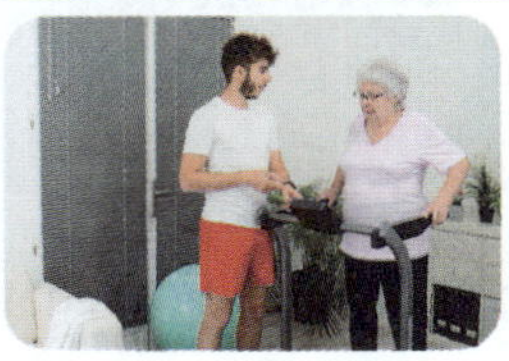 Florent, kinésithérapeute, vient tous les jours rééduquer madame Dubois, à la suite de sa fracture du col du fémur.	❑ Oui	❑ Non

DOC 1 Le code de la santé publique et le secret professionnel

Texte lu foucherconnect.fr/24pap029

Toute personne prise en charge a droit au respect de sa vie privée et du secret des informations la concernant. Cela concerne la prise en charge par :
- un professionnel de santé,
- un établissement ou un service de santé,
- un professionnel ou un organisme concourant à la prévention ou aux soins,
- un professionnel du secteur médico-social/social,
- un établissement/service social/médico-social mentionné dans le code de l'action sociale et des familles.

Sauf dérogation prévue par la loi, ce secret couvre l'ensemble des informations concernant la personne connues des professionnels.

Il s'impose à tous les professionnels intervenant dans le système de santé.

D'après l'article L. 1110-4 du code de la santé publique.

ACTIVITÉ 2

Le secret partagé

4 DOC 2 **Proposer une définition du secret partagé.**

....

....

5 DOC 2 **Préciser l'objectif du partage d'informations entre professionnels.**

....

6 DOC 2 **Surligner les conditions de partage des informations.**

7 **Pour chacune des situations, indiquer si le secret partagé peut être évoqué.**

Situations	Le secret partagé peut-il être évoqué ?	
Pendant la toilette de madame Dubois, **Mina** constate la présence d'hématomes sur les bras de la résidente. Elle en informe l'infirmière du service.	❑ Oui	❑ Non
Françoise est coiffeuse et vient tous les mardis à l'EHPAD pour animer le salon de coiffure. Quand Mina y accompagne madame Dubois, Françoise lui demande comment va monsieur Lebeau, son ancien voisin.	❑ Oui	❑ Non
Monsieur Karim est un nouveau résident du service. Le médecin de l'EHPAD réunit l'équipe pour le présenter et déterminer la meilleure prise en charge. Mina y participe.	❑ Oui	❑ Non

DOC 2 Le partage d'informations entre professionnels

Texte lu foucherconnect.fr/24pap030

Deux professionnels de santé qui participent à la prise en charge du même résident peuvent échanger des informations le concernant si celles-ci sont strictement nécessaires à son accompagnement. Le secret partagé s'étend aux différents professionnels d'une équipe de soins, avec l'accord du résident.
Le partage d'informations s'étend à tous les professionnels qui participent à la prise en charge de la personne, comme les assistants de service social, les assistants éducatifs et sociaux, les autres professionnels salariés des établissements et services sociaux et médico-sociaux.
Le partage d'informations doit avoir pour objectif d'assurer la continuité des soins ou de déterminer la meilleure prise en charge possible.

ACTIVITÉ 3

La levée du secret professionnel

8 DOC 3 **Pour chaque situation, indiquer si la levée du secret professionnel relève d'une déclaration obligatoire ou d'une déclaration légale.**

Situation	Déclaration	
	Légale	Obligatoire
Sofia, infirmière, accueille madame Labil, nouvelle résidente et l'installe dans sa chambre. Elle constate des marques sur les bras et le dos de la résidente. Interrogée, celle-ci se met à pleurer et lui confie que son fils se montre violent quand elle ne peut lui donner l'argent qu'il réclame.		
David, agent accompagnant, a glissé dans le couloir du service et s'est brisé la jambe. Le directeur envoie une déclaration à la Sécurité sociale.		
En entrant dans sa chambre, **Mina** constate l'absence de monsieur Dalbret, atteint de la maladie d'Alzheimer à un stade avancé. Il s'agit d'une fugue, le directeur contacte les services de police.		
Le directeur de l'EHPAD déclare le décès de madame Hortense à la mairie.		

DOC 3 Les déclarations obligatoires et légales

Le secret professionnel peut être levé dans certaines situations précisées par la loi. Certaines dérogations sont dites obligatoires, d'autres sont dites légales.

Déclarations obligatoires	Dérogations légales
– Déclaration de naissance. – Déclaration de décès. – Déclaration de certaines maladies. – Déclaration d'accident du travail et de maladies professionnelles. – Certificat d'internement.	– Mauvais traitements infligés à un mineur de moins de 15 ans ou à une personne incapable de se protéger. – Personne blessée par arme blanche ou arme à feu. – Sévices permettant de présumer de violences sexuelles. – Personne présentant un caractère dangereux pour elle-même ou pour autrui. – Personne fuguant ou sortant de l'établissement de santé contre avis médical alors qu'elle se trouve en péril du fait de son état de santé. – Personne possédant une arme à feu, un objet incendiaire, explosif ou toute arme présentant un danger particulier.

Texte lu foucherconnect.fr/24pap031

ACTIVITÉ 4

La discrétion professionnelle

9 DOC 4 **Relier chaque proposition à l'obligation à laquelle elle correspond.**

Secret professionnel •

• Ne pas diffuser d'informations concernant les personnes. •

• Ne pas diffuser d'informations concernant l'établissement. •

• Sanctions disciplinaires. •

• Sanctions pénales. •

• Discrétion professionnelle

DOC 4 Différence entre secret professionnel et discrétion professionnelle pour les agents des fonctions publiques

	Discrétion professionnelle	Secret professionnel
Définition	Non-communication des informations apprises dans le cadre de son travail et concernant l'activité, les missions et le fonctionnement du service ou de l'établissement dans lequel le professionnel exerce ses missions.	Non-communication des informations concernant les personnes que l'on prend en charge, dans le cadre de sa profession.
Objectif	Préserver le bon fonctionnement du service ou de l'établissement.	Préserver la confiance accordée par l'usager et protéger les informations recueillies.
Sanctions	Mesures administratives (mise en place d'une procédure disciplinaire).	Sanctions pénales (un an d'emprisonnement et 15 000 euros d'amende). Sanctions disciplinaires possibles.

ACTIVITÉ 5

Les valeurs et les normes

10 DOC 5 **Surligner les définitions de la norme et de la valeur.**

11 DOC 5 **Pour chaque notion, cocher la case correspondante.**

Respecter les usagers.	❑ Norme	❑ Valeur
Saluer les familles à leur arrivée.	❑ Norme	❑ Valeur
Souhaiter son anniversaire à un résident.	❑ Norme	❑ Valeur
Se montrer honnête et intègre.	❑ Norme	❑ Valeur
Être solidaire.	❑ Norme	❑ Valeur
Être ponctuel dans son service.	❑ Norme	❑ Valeur

DOC 5 Les normes et les valeurs

Texte lu foucherconnect.fr/24pap032

- Les valeurs sont des principes moraux, des idéaux qui guident les actions, les comportements d'un individu, d'un groupe, d'une profession, d'une société. Les valeurs sont abstraites et se traduisent concrètement par des normes.
- Les normes découlent des valeurs et sont caractérisées par les règles de vie en société que tout individu doit apprendre au cours de la socialisation. Elles peuvent être définies par des lois ou par l'usage (dire bonjour, ne pas interrompre une personne qui parle, se découvrir avant d'entrer en classe sont des marques de respect). Ces normes doivent être respectées sous peine de sanctions juridiques pour les lois ou par une réprobation, voire une exclusion pour les normes sociales.

Je retiens

Synthèse rédigée et audio
foucherconnect.fr/24pap033

Le secret professionnel, le secret partagé, la discrétion, les valeurs, les normes

Le secret professionnel

Quoi ?
- ✓ Confidences.
- ✓ Tout ce qui a été vu, entendu, déduit, deviné.

Qui ?
Tout personnel participant à la prise en charge d'un résident.

Pourquoi ?
Protéger la relation de confiance entre le résident et les professionnels.

Secret partagé

Partage d'informations par des professionnels concernant une personne dont ils assurent la prise en charge.

↓

Continuité des soins et de l'accompagnement.

Discrétion professionnelle

Tous les faits, informations ou documents dont le professionnel a connaissance dans l'exercice ou à l'occasion de l'exercice de ses fonctions.

Levée du secret

- ✓ Déclarations obligatoires.
- ✓ Déclarations légales.

Valeur
Ce qui inspire, motive et guide nos décisions et nos actions.

Norme
Découle des valeurs, règles ou principes que l'on doit respecter.

Je me teste

Exercice interactif
foucherconnect.fr/24pap034

Indiquer si les propositions sont vraies ou fausses.

	Vrai	Faux
a. **Mina** peut échanger sur la situation de madame Dubois avec son conjoint.		
b. Tout agent public est tenu à la discrétion professionnelle.		
c. Le secret professionnel peut être levé dans certaines conditions précisées par la loi.		
d. La qualité des soins est une valeur essentielle aux professionnels de santé.		
e. La discrétion professionnelle concerne les informations portant sur les personnes accompagnées.		
f. Prendre son service à l'heure est une valeur partagée par les membres d'une équipe.		

Dossier 8

La fin de vie et les directives anticipées

Compétence

CT3 Recueillir les informations, s'informer sur les éléments du contexte et de la situation professionnels.
CT3.4 Prendre en compte les dimensions éthiques et déontologiques de son intervention.

Je découvre

Chantal est agent accompagnant à l'EHPAD. Elle vient d'apprendre que Juliette, une résidente de la structure âgée de 96 ans, est décédée. Elle éprouve de la tristesse, car elle avait l'habitude de la côtoyer. La famille de Juliette est présente et est très triste.

La mort est le terme final de la vie, marqué par l'arrêt irréversible de toutes les fonctions vitales d'un organisme, notamment la respiration, la circulation sanguine (arrêt du cœur) et l'activité cérébrale. C'est le moment où une personne cesse de vivre, perd toute conscience et capacité à interagir avec le monde qui l'entoure. La mort est un processus naturel et inévitable du cycle de la vie de tous les organismes vivants et des êtres humains.

- **Citer les fonctions vitales dont l'arrêt marque la mort.**

....

- **Expliquer pourquoi la mort est inévitable.**

....

....

Activités

ACTIVITÉ 1 La mort dans les différentes religions

1 DOC 1 Indiquer si chaque affirmation est vraie ou fausse.

Affirmations	Vrai	Faux
Certaines religions croient en une réincarnation après la mort.		
Dans certaines religions, les rituels de deuil peuvent inclure des danses et des chants en l'honneur du défunt.		
Dans les religions chrétiennes, la mort peut-être un sujet tabou.		
Les rituels mortuaires sont les mêmes dans toutes les religions.		
Chaque religion a son propre ministre du culte.		

DOC 1 La notion de mort dans les principales religions

La notion de mort varie considérablement d'une religion à l'autre. Chaque religion a ses propres rituels mortuaires. Dans certaines religions, les croyants observent des temps de recueillement silencieux, dans d'autres ils se réunissent autour du défunt pour chanter des textes et danser en son honneur.

Religion chrétienne

La mort représente le passage vers la vie éternelle, dans le royaume de Dieu. La mort peut être un sujet tabou, et les personnes endeuillées peuvent souhaiter un deuil privé et silencieux.

Religion musulmane

La mort est le passage pour être admis auprès d'Allah. Chez les musulmans, la mort est vue comme une transition vers une vie après la mort.

Religion juive

La mort est un passage vers l'autre vie. L'âme va à Dieu et y attend la résurrection.

Religion bouddhiste

La mort représente la libération de l'âme, son passage vers un nouveau corps (humain ou animal). Il s'agit d'une renaissance, du début d'une nouvelle existence.

Texte lu
foucherconnect.fr/24pap132

ACTIVITÉ 2

Les réactions de l'entourage face à la mort

2 Associer les étapes du deuil à leur description.

Le choc et le déni •	• Elle peut émerger à mesure que la réalité de la perte devient évidente. Les personnes peuvent se sentir en colère envers divers aspects de la situation.
La colère •	• Elle est souvent une partie naturelle du processus de deuil, avec des sentiments de tristesse profonde, de désespoir et de mélancolie.
Le marchandage •	• Au début, les personnes peuvent être submergées d'émotions par la perte. Elles peuvent avoir du mal à accepter la réalité de la situation.
La dépression •	• Certains individus peuvent tenter de négocier avec Dieu ou avec la vie pour revenir en arrière, pour changer le cours des événements.
L'acceptation •	• À un moment donné, les personnes en deuil peuvent commencer à accepter la réalité de la perte. Cela ne signifie pas nécessairement que la douleur disparaît, mais elles trouvent un moyen de vivre avec elle.

ACTIVITÉ 3

Les directives anticipées

3 DOC 2 Chantal a appris que Maurice, un résident de l'EHPAD, souhaite rédiger ses directives anticipées. Expliquer à Chantal le principe des directives anticipées.

....

....

....

....

....

4 DOC 2 Justifier l'importance de rédiger des directives anticipées.

....

....

....

DOC 2 Un document qui prévoit l'avenir

Les directives anticipées sont des instructions écrites par une personne pour définir, si elle le désire, ses souhaits concernant les traitements médicaux qu'elle souhaite ou ne souhaite pas recevoir si elle devient incapable de les communiquer. Elles permettent à une personne d'aider les médecins à décider des soins médicaux futurs et de s'assurer que ses valeurs et ses choix sont respectés, notamment en cas de maladie grave, de blessure ou de fin de vie. Les directives anticipées aident les professionnels de la santé et les proches à prendre des décisions médicales conformes aux souhaits de la personne, même si elle ne peut pas les exprimer verbalement à ce moment-là.

Je retiens

Synthèse rédigée et audio
foucherconnect.fr/24pap035

La fin de vie et les directives anticipées

La mort

Le terme final de la vie.

Arrêt irréversible de toutes les fonctions vitales d'un organisme, y compris la respiration, la circulation sanguine et l'activité cérébrale.

Processus naturel et inévitable dans le cycle de la vie.

La perception de la mort varie d'une culture à l'autre.

Les croyances, les rituels et les attitudes envers la mort sont influencés par les valeurs, les traditions religieuses et les normes sociales propres à chaque culture.

Les étapes du deuil

5 étapes : le choc et le déni, la colère, le marchandage, la dépression, l'acceptation.

Ces étapes peuvent être vécues différemment par chaque individu en deuil.

Les directives anticipées

Instructions écrites par une personne pour spécifier ses préférences en matière de traitement médical au cas où elle ne pourrait plus communiquer ses souhaits.

Elles sont essentielles pour s'assurer que les souhaits d'une personne en matière de soins de santé sont respectés.

Je me teste

Exercice interactif
foucherconnect.fr/24pap036

Cocher la ou les bonnes réponses.

a. La définition de la mort dans le contexte médical et légal est :
- ☐ l'arrêt des fonctions cardiaques, uniquement.
- ☐ l'arrêt des fonctions respiratoires uniquement.
- ☐ l'arrêt irréversible de toutes les fonctions vitales.
- ☐ la perte de conscience.

b. Le processus de deuil comporte :
- ☐ deux étapes.
- ☐ quatre étapes.
- ☐ cinq étapes.
- ☐ sept étapes.

c. L'un des objectifs des directives anticipées est :
- ☐ de prédire l'avenir.
- ☐ de planifier des funérailles.
- ☐ de spécifier les préférences en matière de traitement médical.
- ☐ d'organiser les biens matériels.

Les directives anticipées

FICHE OUTIL 5

Expliquer les directives anticipées à une personne

- Les directives anticipées sont une déclaration écrite qu'une personne rédige pour préciser ses souhaits liés à la fin de sa vie. Elle exprime ainsi, par avance, sa volonté de poursuivre, limiter, arrêter ou refuser des traitements ou actes médicaux. Ce document aide les médecins, le moment venu, à prendre leurs décisions sur les soins à donner si la personne ne peut plus exprimer ses volontés (du fait d'une maladie grave, par exemple).

Objectif

Les directives anticipées permettent de garantir que vos souhaits en matière de soins de santé seront respectés, même si vous ne pouvez pas les communiquer verbalement.

Contenu

Vous pouvez spécifier les types de traitements médicaux que vous acceptez ou refusez, tels que la réanimation, l'alimentation artificielle, la ventilation mécanique, etc.

Création

Les directives anticipées doivent être créées lorsque vous êtes en pleine possession de vos facultés mentales. Elles sont généralement écrites, datées et signées.

Personnes de confiance

Vous pouvez également désigner une personne de confiance qui sera responsable de veiller à ce que vos directives soient respectées.

Validité

Les directives anticipées sont contraignantes, leur durée est illimitée.

Révision

Il est recommandé de réviser vos directives anticipées périodiquement, en particulier en cas de changements importants dans votre santé ou de vos préférences.

Accès

Il est essentiel de partager vos directives anticipées avec votre famille, vos médecins et votre personne de confiance.

Qui peut les rédiger ?

Toute personne majeure a le droit de les écrire, quelle que soit sa situation personnelle.

Quand les rédiger ?

À n'importe quel moment de la vie.

Comment les rédiger ?

Sur un formulaire ou sur un simple papier.

Fiche outil 5 — Les directives anticipées

Rédiger ses directives anticipées

- Les directives anticipées doivent prendre la forme d'un document écrit, daté et signé avec : nom et prénom de la personne concernée, sa date et lieu de naissance. Il existe des formulaires préétablis.

Directives anticipées

4

Mes directives anticipées
Modèle A

➔ Je suis atteint d'une maladie grave

➔ Je pense être proche de la fin de ma vie

Je rédige les présentes directives anticipées **pour le cas où je ne serais plus en mesure de m'exprimer au moment de la fin de ma vie.**

Mes volontés sont les suivantes :

1° à propos des <u>situations</u> dans lesquelles je risque de me trouver (par exemple, situation de coma en phase terminale d'une maladie).

J'indique ici notamment si j'accepte ou si je refuse que l'on me maintienne artificiellement en vie dans le cas où j'aurais définitivement perdu conscience et où je ne pourrais plus communiquer avec mes proches :

....

....

2° à propos des <u>actes et des traitements médicaux dont je pourrais faire l'objet.</u>

<u>La loi prévoit qu'au titre du refus de l'obstination déraisonnable, ils peuvent ne pas être entrepris ou être arrêtés</u> s'ils apparaissent inutiles, disproportionnés ou n'ayant d'autre effet que le seul maintien artificiel de la vie.

▶ J'indique donc ici si j'accepte ou si je refuse qu'ils soient entrepris, notamment :

- Une réanimation cardiaque et respiratoire (tube pour respirer) :....................................
- Le branchement de mon corps sur un appareil à dialyse rénale :....................................
- Une intervention chirurgicale :..
- Autre :..

▶ Si ces actes ou traitements ont déjà été entrepris, j'indique ici si j'accepte ou si je refuse qu'ils soient arrêtés notamment :

- Assistance respiratoire (tube pour respirer) :...
- Dialyse rénale :..
- Alimentation et hydratation artificielles :..
- Autre :..

Directives anticipées

▶ Enfin, si mon médecin m'a parlé de manière plus précise d'autres actes ou traitements qui pourraient être entrepris ou maintenus compte tenu de la maladie dont je suis atteint, j'indique ici ceux dont j'accepte ou ceux dont je refuse la mise en œuvre ou la poursuite :

....

....

3° à propos de la <u>sédation profonde et continue associée à un traitement de la douleur.</u>

En cas d'arrêt des traitements qui me maintiennent artificiellement en vie, j'indique ici si je veux ou non bénéficier d'une sédation profonde et continue <u>associée à un traitement de la douleur,</u> c'est-à-dire d'un traitement qui m'endort et a pour objectif la perte de conscience jusqu'à mon décès :

....

....

Fait le .... à ....

Signature

- Si la personne ne peut pas écrire, elle peut demander à quelqu'un de le faire devant elle et devant deux témoins. L'un d'eux doit être la personne de confiance si elle a été désignée.
- Le contenu des directives anticipées est strictement personnel et confidentiel et ne sera consulté que par les médecins, la personne de confiance (si elle a été choisie) et éventuellement d'autres personnes désignées par le signataire.
  Tant que la personne est capable d'exprimer ses volontés, ses directives anticipées ne seront pas consultées.

Exemples :

Si je suis dans le coma prolongé, je veux que l'on poursuive mon alimentation et mon hydratation.

Je veux que les traitements médicaux servent à alléger mes souffrances et les symptômes pénibles.

Je ne veux pas respirer à l'aide d'une machine.

9 Dossier

La bientraitance et la maltraitance

Compétence

CT3 Recueillir les informations, s'informer sur les éléments du contexte et de la situation professionnels.
CT3.4 Prendre en compte les dimensions éthiques et déontologiques de son intervention.

Je découvre

Sylvie et **Angelo**, agents de bionettoyage, ont reçu l'information de la part de leur chef d'équipe : l'ensemble du personnel de l'EHPAD va suivre une formation sur la promotion de la bientraitance et la prévention de la maltraitance.
Ils s'interrogent sur les notions de bientraitance et de maltraitance.

Former le personnel de l'EHPAD sur les notions de bientraitance et de maltraitance permet de le sensibiliser aux problèmes de maltraitance et de prévenir la maltraitance. La sensibilisation du personnel permet de protéger les personnes vulnérables (comme les personnes âgées) dans leur prise en soin.

La bientraitance favorise le bien-être des personnes accompagnées en encourageant des pratiques respectueuses et bienveillantes.
Parler de bientraitance et de maltraitance contribue à créer une société plus consciente de l'importance de la bienveillance et permet aux personnes de vivre dans le respect, la dignité et la sécurité.

- **Expliquer pourquoi il est essentiel de parler de bientraitance et de maltraitance.**

....

....

- **Justifier l'importance de la bientraitance dans la prise en soin des personnes vulnérables.**

....

....

Activités

Activité 1 — Le concept de bientraitance

1 DOC 1 **Pour aider Sylvie et Angelo à comprendre, citer les éléments fondamentaux de la bientraitance.**

....

....

2 DOC 1 **Expliquer comment la bientraitance favorise le bien-être des individus.**

....

....

....

DOC 1 Qu'est-ce que la bientraitance ?

Texte lu
foucherconnect.fr/24pap037

La bientraitance (Veiller au Bien) comprend tout ce qui favorise l'épanouissement de la personne, s'adapte à ses besoins divers (psychologiques, physiologiques, affectifs…) et permet un développement harmonieux.
Elle vise à promouvoir le bien-être de la personne accompagnée en gardant présent à l'esprit le risque de maltraitance.

La bientraitance impose un ensemble de comportements, d'attitudes respectueuses de la personne, la recherche d'un environnement adapté, l'exigence de professionnalisme.
Chaque personne a besoin que sa liberté individuelle et sa dignité soient respectées, son bien-être préservé, son rythme de vie, ses envies, ses goûts, son autonomie respectés.

Activité 2 — Les principes de la bientraitance

3 **Relier les principes de la bientraitance à leur explication.**

Chaque individu a une histoire personnelle, des valeurs, des croyances et des expériences uniques qu'il faut respecter. •	• Valoriser l'expression de la personne.
Il est essentiel de faire une évaluation approfondie de nos choix et de les modifier en fonction des évolutions de la situation. •	• S'adapter continuellement à une situation.
La bientraitance donne la parole aux personnes concernées. En valorisant leur expression, on les reconnaît comme des individus uniques et on renforce leur sentiment d'appartenance et de respect. •	• Adopter une posture professionnelle de bientraitance.
Les besoins et les situations des individus peuvent évoluer avec le temps, et les prestataires de soins doivent s'adapter en conséquence. •	• Respecter la personne, son histoire, sa dignité.
Les professionnels doivent fournir des soins de haute qualité tout en montrant de l'empathie (ressentir ce que l'autre ressent), de la compassion, et en agissant de manière éthique. •	• Effectuer un aller-retour permanent entre penser et agir.

ACTIVITÉ 3

Le concept de maltraitance

4 DOC 2 **Indiquer le type de chaque maltraitance pouvant survenir en EHPAD.**

Maltraitance	Type de maltraitance
Coups	Violence physique
Intimidations	....
Vol d'argent dans la chambre	....
Manque de soins	....
Langage dévalorisant	....
Délaisser volontairement la personne	....
Abus d'autorité	....

DOC 2 La maltraitance

La maltraitance se définit comme une violence se caractérisant par tout acte ou omission commis par une personne, s'il porte atteinte à la vie, à l'intégrité corporelle ou psychique ou à la liberté d'une autre personne ou compromet gravement le développement de sa personnalité et/ou nuit à sa sécurité financière.
Les actes considérés comme de la maltraitance sont :
- les violences physiques (coups, gestes brusques) ;
- les violences psychiques ou morales (langage dévalorisant, insultes) ;
- les violences matérielles et financières (vol de produits de toilette, d'argent…) ;
- les violences médicales ou médicamenteuses (manque de traitements et de soins) ;
- les négligences actives ou passives (oublier de laisser le verre d'eau à portée…) ;
- les privations ou violations de droits (ne pas permettre à la personne d'aller voter…).

5 DOC 3 **Cocher les éléments qui correspondent à la définition des douces violences.**

a. Une infirmière qui parle de manière brusque en expliquant les soins à un résident.	
b. Un proche qui rend visite à sa mère âgée tous les jours pour s'assurer qu'elle mange correctement.	
c. Un membre du personnel qui néglige de fournir de l'eau à un résident pendant plusieurs heures.	
d. Un résident qui demande de l'aide pour se lever de sa chaise, mais le personnel le laisse assis.	
e. Un proche qui consulte les affaires personnelles de son parent âgé sans autorisation.	
f. Un aide-soignant qui demande à un résident si tout va bien et s'il a besoin de quelque chose de particulier.	
g. Un aide-soignant qui voit une personne pleurer et qui lui dit « ne pleurez pas, vous n'êtes pas un enfant ».	

DOC 3 Les douces violences

Les douces violences se manifestent par des gestes ou des paroles qui ne sont pas intentionnellement malveillants, mais qui portent atteinte au bien-être d'un individu.

Elles peuvent se produire de manière ponctuelle, être de courte durée et ainsi passer inaperçues. Cependant, lorsqu'elles se répètent à l'encontre d'une personne âgée, elles nuisent à son bien-être.

ACTIVITÉ 4 Les facteurs favorisant la maltraitance en EHPAD

6 DOC 4 **Citer les facteurs liés aux usagers d'un EHPAD qui peuvent augmenter le risque de maltraitance.**

7 DOC 4 **Citer les facteurs propres aux personnels pouvant contribuer à la maltraitance.**

DOC 4 Les facteurs qui peuvent favoriser la maltraitance

Facteurs liés aux usagers de l'EHPAD	Facteurs liés au personnel	Facteurs institutionnels
• **Fragilité physique et mentale** : les résidents en EHPAD sont souvent plus vulnérables en raison de problèmes de santé, de fragilité physique et de dépendance, ce qui les rend plus susceptibles d'être victimes de maltraitance.	• **Stress professionnel** : les soignants en EHPAD peuvent être soumis à un stress considérable en raison de la charge de travail. Ce stress peut contribuer à des comportements abusifs. • **Problèmes de communication** : les conflits peuvent favoriser la maltraitance.	• **Manque de formation** : les institutions de soins pour personnes âgées peuvent ne pas offrir une formation sur la prévention de la maltraitance. • **Manque de personnel et de ressources** : les EHPAD en manque de personnel ou de ressources financières peuvent être moins en mesure de fournir des soins de qualité.

Texte lu foucherconnect.fr/24pap038

ACTIVITÉ 5 La prévention de la maltraitance

8 DOC 5 **Choisir vrai ou faux pour chaque affirmation.**

	Vrai	Faux
La formation du personnel sur la prévention de la maltraitance n'a pas d'impact significatif sur la sécurité des résidents en établissements pour personnes âgées.		
Les établissements doivent établir des politiques et des procédures claires pour prévenir, identifier et signaler la maltraitance, y compris des mécanismes de signalement confidentiels et protégés.		
Les institutions doivent encourager une culture du respect des droits, de la dignité et du bien-être des résidents, en favorisant la communication ouverte, l'empathie et l'écoute active.		

DOC 5 Des moyens pour prévenir la maltraitance en EHPAD

Texte lu foucherconnect.fr/24pap039

L'ensemble des personnes impliquées dans l'accompagnement des personnes âgées doit être sensibilisé et formé afin de prévenir la maltraitance en EHPAD. Il s'agit du personnel, des familles, des résidents ainsi que des organismes de protection des droits des personnes âgées.

Les moyens de prévention de la maltraitance sont :

- la sensibilisation et la formation des personnels à la reconnaissance des signes de maltraitance ;
- le développement des politiques de prévention, d'identification et de signalement de la maltraitance dans les EHPAD ;
- la promotion d'une culture de respect des droits, de la dignité et du bien-être des résidents ;
- la mise en place dans les établissements d'une surveillance et contrôle du respect du bien-être des personnes âgées ;
- la mise en place d'un soutien psychosocial des résidents.

9 DOC 6 **Justifier l'importance de signaler un acte de maltraitance**

....

....

....

....

....

10 DOC 6 **Indiquer les sanctions que peut encourir l'auteur d'un acte de maltraitance**

....

....

DOC 6 Signaler c'est aussi prévenir

Texte lu foucherconnect.fr/24pap040

La victime ou un témoin (famille, proche, professionnel) peut signaler une maltraitance en s'adressant à un responsable de l'EHPAD ou en composant le 3977. Le 3977 est le numéro national de lutte contre les maltraitances envers les personnes âgées et les adultes en situation de handicap. Il est également possible de saisir directement le Procureur de la République.

La non-dénonciation d'une maltraitance peut être punie de 3 ans d'emprisonnement et de 45 000 euros d'amende.

Le signalement de la maltraitance est un acte de protection, de prévention, de justice et de respect des droits fondamentaux des personnes âgées.

Les acteurs de maltraitance peuvent encourir des sanctions disciplinaires de la part de leur employeur et des sanctions pénales.

Signaler un acte de maltraitance est important pour protéger la victime et mettre fin à l'abus, tout en permettant l'accès aux services d'aide et en prévenant d'autres cas de maltraitance.

Je retiens

Synthèse rédigée et audio
foucherconnect.fr/24pap041

La bientraitance et la maltraitance

La bientraitance

Repose sur des principes tels que la valorisation de l'expression des usagers, le respect de la personne et de son histoire, la démarche continue d'adaptation à la situation, une posture professionnelle de bientraitance et un aller-retour permanent entre la réflexion et l'action.

Doit promouvoir le bien-être, la dignité et le respect des droits de la personne.

La maltraitance

Implique des actes nuisibles ou abusifs envers une personne vulnérable.

- ✓ Les violences physiques
- ✓ Les violences psychiques ou morales
- ✓ Les violences matérielles et financières
- ✓ Les violences médicales ou médicamenteuses
- ✓ Les négligences actives ou passives

Facteurs favorisant la maltraitance

- ✓ Facteurs liés aux usagers de l'EHPAD : fragilité physique et mentale.
- ✓ Facteurs liés au personnel : stress professionnel et problèmes de communication.
- ✓ Facteurs institutionnels : manque de formation, manque de personnel et de ressources.

Douces violences

Actes apparemment inoffensifs mais néfastes pour la personne âgée.

La prévention de la maltraitance

Sensibiliser et former le personnel.

Signaler les actes de maltraitance.

Je me teste

Exercice interactif
foucherconnect.fr/24pap042

Choisir la bonne réponse pour chaque proposition.

a. La principale caractéristique de la bientraitance est :
- ☐ de favoriser le bien-être et la dignité des personnes.
- ☐ d'ignorer les besoins des personnes.
- ☐ de pratiquer des actes malveillants.

b. La maltraitance envers les personnes correspond à…
- ☐ des actes bienveillants.
- ☐ des actes nuisibles ou abusifs.
- ☐ la promotion de la dignité de la personne.

c. Il est important de signaler un acte de maltraitance…
- ☐ pour protéger la victime et prévenir de futurs abus.
- ☐ car c'est une simple formalité administrative.
- ☐ par peur des représailles.

10 Dossier

Les différents types de communication, les modalités

Compétences

CT4 Établir une relation bienveillante et sécurisante avec le résident.

CT4.1.1 Communiquer avec la personne de manière appropriée.

Je découvre

Maëva est agent polyvalent au sein d'un EHPAD. Il est 15 heures et elle arrive dans la chambre de monsieur Rimini, 89 ans. Elle souhaite lui proposer une promenade dans le parc. Monsieur Rimini est malentendant et ne porte pas de prothèses auditives.

La communication se définit comme un échange de propos, de signes ou d'informations. Son but est de transmettre un message. Il existe deux types de communication.
La communication verbale est l'échange d'idées ou d'informations entre des personnes, au moyen de la parole (la communication orale) ou de l'écrit (la communication écrite).
La communication non verbale s'articule autour de toutes les autres formes de langages transmises par des signaux d'ordres corporels, gestuels, visuels.

- **Souligner la définition de la communication.**
- **Citer les deux types de communication.**

....

....

Activités

ACTIVITÉ 1 Les modes de communication

1 DOC 1 Indiquer, pour chaque situation, si le mode de communication est verbal ou non verbal.

	Mode de communication	
	Verbal	Non verbal
Maëva participe aux transmissions avec l'équipe.		
Monsieur Lucas reçoit une carte de son fils pour son 90e anniversaire. Maëva lui lit cette carte.		
Léa, la collègue de Maëva, fronce les sourcils parce qu'elle ne trouve pas les draps pour faire la réfection des lits.		

Texte lu
foucherconnect.fr/24pap043

DOC 1 Les modes de communication

Monsieur Rimini est malentendant.
Pour communiquer avec lui, Maëva peut utiliser la communication verbale. Pour cela, elle peut lui écrire un message de façon simple afin qu'il comprenne ce qu'elle lui propose. Elle peut aussi parler lentement afin qu'il lise sur ses lèvres. Enfin, elle peut se faire comprendre à l'aide de gestes. Pour signifier une promenade dans le parc, elle peut montrer le parc et le parcours à travers la fenêtre. Elle utilise ainsi la communication non verbale.

ACTIVITÉ 2 La communication non verbale

2 DOC 2 Cocher la ou les réponses de Maëva appropriée à la situation décrite.

Situation 1

- ❑ Maëva crie de plus en plus fort.
- ❑ Maëva l'emmène quand même vers la salle de bains sans explication.
- ❑ Maëva écrit sur une feuille posée sur la table.
- ❑ Maëva va chercher les appareils auditifs et reformule sa proposition.

Situation 2

- ❑ Maëva lui propose sa canne et son bras pour l'accompagner jusqu'à la salle à manger.
- ❑ Maëva lui propose son bras mais ne prend pas la canne.
- ❑ Maëva va chercher un fauteuil roulant et installe monsieur Durieux pour l'emmener.
- ❑ Maëva lui donne sa canne et part s'occuper d'un autre résident.

DOC 2 Quelques situations

Situation 1

Madame Dilan est malentendante. Ce matin, elle a oublié de mettre ses appareils auditifs. Maëva lui propose de l'aide à la toilette, mais cette dernière ne l'entend pas.

Situation 2

Monsieur Durieux est malvoyant. Habituellement, il avance avec sa canne qui lui permet de se déplacer sans se cogner aux meubles. Maëva lui propose de déjeuner dans la salle à manger commune aux résidents.

3 DOC 3 **Énoncer les intérêts du toucher lors de la communication.**

....

....

....

....

4 DOC 3 **Indiquer pour chaque affirmation si elle est vraie ou fausse et justifier.**

a. Le toucher doit être direct.

❑ Vrai ❑ Faux

Justification : ....

....

b. Le toucher est un moyen de communication.

❑ Vrai ❑ Faux

Justification : ....

....

c. La main peut être posée sur n'importe quelle partie du corps.

❑ Vrai ❑ Faux

Justification : ....

....

Vidéo foucherconnect.fr/24pap044

DOC 3 Le toucher

Le toucher donne des informations par contact de la peau. C'est le sens le moins vulnérable lors du vieillissement et le plus conservé contrairement à l'ouïe et à la vue.

La peau est le plus grand organe de notre corps. Elle possède un important réseau nerveux. La communication par le toucher est un mode de communication non verbale. Elle est importante chez les personnes dépendantes. Le toucher permet d'établir une relation de confiance et améliore la communication. Il apaise, sécurise, rassure et soulage les angoisses. Les modalités de cette communication sont variées : poser une main sur le bras du patient, prendre sa main, poser une main sur son épaule, l'effleurer pendant la toilette. Le toucher doit être progressif pour ne pas surprendre ou effrayer. Il doit être professionnel et apaisant.

Texte lu foucherconnect.fr/24pap045

ACTIVITÉ 3

La communication bienveillante

Vidéo
foucherconnect.fr/24pap046

5 Proposer des formules positives et bienveillantes pour exprimer autrement les formules négatives données dans le tableau.

Formules négatives	Formules positives
« Cessez d'avoir peur, je ne vais pas vous faire mal. »	
« Arrêtez d'être sans arrêt inquiète. »	
« Allez, faites un effort ! »	
« Avez-vous encore mal aujourd'hui ? »	
« Dépêchez-vous, il est déjà midi. »	
« Ne criez pas, c'est désagréable. »	

6 Pour chaque situation, indiquer si l'attitude du soignant est adaptée ou non et justifier.

Situation	Attitude adaptée	Justification
Se présenter, sourire, rassurer.	❑ Oui ❑ Non	
Faire un bisou sur la joue aux résidents.	❑ Oui ❑ Non	
Appeler un résident par son prénom, le tutoyer.	❑ Oui ❑ Non	
Se mettre en face de la personne lorsqu'on s'adresse à elle.	❑ Oui ❑ Non	
Informer du soin.	❑ Oui ❑ Non	
Donner un ordre.	❑ Oui ❑ Non	
S'adresser au résident lorsque l'on est dans une autre pièce.	❑ Oui ❑ Non	
Parler en langage familier voire infantilisant.	❑ Oui ❑ Non	

ACTIVITÉ 4 — Des moyens de communiquer selon les situations

7 Relier chaque situation à l'outil de communication le plus adapté.

Madame Lamontre souffre de troubles de la mémoire. Elle ne reconnaît pas toujours ses enfants. •

Monsieur Croma, 92 ans, a du mal à mémoriser certaines choses : numéros de téléphone de ses enfants, rendez-vous, visites… •

Monsieur Lapui n'a plus la capacité de parler suite à un accident vasculaire cérébral. •

• Une ardoise avec feutre effaçable pour s'exprimer.

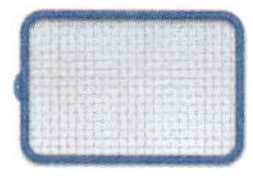

• Des cadres avec des photos de famille pour stimuler la mémoire.

• Un carnet sur lequel le résident pourra noter des éléments importants.

ACTIVITÉ 5 — La communication avec les personnes souffrant de troubles cognitifs

8 DOC 4 Souligner les signes de la maladie d'Alzheimer.

Texte lu foucherconnect.fr/24pap047

DOC 4 Les troubles cognitifs

Les patients atteints de démences séniles, en particulier la maladie d'Alzheimer, rencontrent de grandes difficultés à communiquer. Les changements d'humeur, les problèmes de concentration, l'agressivité, les troubles du langage et de la mémoire sont des signes cliniques courants de ces démences.
Ces troubles cognitifs sont évolutifs et irréversibles, les symptômes vont progressivement s'aggraver avec le temps. Il est important, pour le professionnel, de réagir de la manière la plus appropriée face à ces difficultés de communication. Maëva doit adopter une approche empathique, faire preuve de patience, respecter le rythme des personnes atteintes et éviter les sujets anxiogènes. Elle peut ainsi faciliter la communication et améliorer le bien-être des résidents.

9 DOC 5 Surligner dix attitudes que Maëva doit avoir pour établir une bonne communication avec les résidents souffrant de troubles cognitifs.

DOC 5 Bien communiquer avec les résidents ayant des troubles cognitifs

Pour établir une communication adaptée avec ces résidents, il est essentiel d'adopter une approche calme et douce, de parler lentement et d'utiliser un ton de voix apaisant.
Il faut aborder un seul sujet à la fois et respecter le rythme de la personne. Cela permet une meilleure compréhension et facilite la participation de la personne. Il faut doit également laisser suffisamment de temps à la personne pour répondre en l'accompagnant dans son expression. En se positionnant face à elle, on capte mieux son attention et on favorise une meilleure communication verbale et non verbale. Cela contribue à instaurer une relation de confiance et à rassurer la personne âgée.
Il est aussi important de créer un environnement propice aux échanges et aux activités en : évitant les sources de bruits inutiles qui peuvent angoisser le résident. Il faut faire preuve d'empathie, de patience et réagir calmement face à l'agressivité des patients.

Texte lu foucherconnect.fr/24pap048

Je retiens

Synthèse rédigée et audio
foucherconnect.fr/24pap050

Les différents types de communication, les modalités

Communication non verbale	Communication verbale
✓ Avoir des gestes rassurants, doux et calmes. ✓ Créer une relation de confiance, sourire. ✓ Faire preuve d'empathie, d'écoute, de patience.	✓ S'exprimer avec une voix posée et douce : mots bien articulés, débit adapté. ✓ Choisir du vocabulaire et des mots adaptés, s'exprimer avec des phrases courtes. ✓ Ne pas infantiliser, veiller à ne pas avoir un langage familier, ne pas tutoyer la personne.

Communication adaptée et bienveillante, utilisant à la fois le verbal et le non verbal pour renforcer le message.

Moyens et outils à employer lorsque la communication est difficile

Objets familiers, cadres de photos de famille sont des supports intéressants pour susciter la communication.

Ardoise effaçable pour communiquer avec une personne qui ne peut plus s'exprimer oralement.

Carnet pour consigner des éléments importants et faciliter la mémorisation.

Je me teste

Exercice interactif
foucherconnect.fr/24pap051

Indiquer pour chaque affirmation si elle est vraie ou fausse et justifier lorsqu'elle est fausse.

	Vrai	Faux	Justification
La communication écrite est une communication non verbale.			
La communication orale permet de créer une relation de confiance.			
Le langage familier permet de mieux se faire comprendre.			
L'empathie est une clé essentielle pour communiquer de façon efficace.			

Dossier 11

Les besoins et les attentes de la personne âgée, les rythmes de vie

Compétences
CT4 Établir une relation bienveillante et sécurisante avec le résident.
CT4.2 Prendre en compte les besoins et les attentes de la personne.

Je découvre

Bruno est agent accompagnant dans un EHPAD. Ce matin, il aide monsieur Durandal à prendre son petit-déjeuner. Celui-ci lui dit qu'il est fatigué et qu'il n'a pas faim. Bruno l'invite à manger un peu.

Qu'est-ce qu'un besoin fondamental ?

Pourquoi est-ce fondamental de se nourrir ?

Virginia Henderson et les besoins fondamentaux
Virginia Henderson est une infirmière américaine. Elle s'est intéressée aux besoins de la personne qu'elle soit malade ou bien portante. Elle a défini quatorze besoins fondamentaux qui, selon elle, doivent être satisfaits pour permettre à la personne d'accéder à son indépendance. L'individu ne peut être complètement autonome si l'un des besoins qu'elle qualifie de « fondamentaux » n'est pas satisfait. Ainsi, le besoin de « boire et manger » doit être satisfait pour entretenir l'organisme et produire l'énergie nécessaire à son fonctionnement.

- **Définir un besoin fondamental.**

....

- **Indiquer en quoi se nourrir est un besoin fondamental.**

....

Activités

ACTIVITÉ 1 Les besoins de la personne

1 DOCS 1 et 2 **Reporter dans la colonne de droite le numéro du ou des besoins de monsieur Durandal évoqués.**

	Numéros des besoins fondamentaux
Monsieur Durandal a du mal à créer des relations avec les autres résidents. Il est triste et parle peu.	10
Il reste souvent seul, désœuvré, dans sa chambre.	....
Il lui arrive parfois de perdre l'équilibre et, de ce fait, craint de se déplacer tout seul.	....
Depuis 2 jours, il présente une fièvre à 38,5 °C.	....
Il tousse et est encombré au niveau respiratoire.	....

DOC 1 La vie à l'EHPAD de monsieur Durandal

Monsieur Durandal, 85 ans, est à l'EHPAD depuis un an. C'est un des résidents que **Bruno** accompagne quotidiennement. Monsieur Durandal est veuf, a deux enfants et six petits-enfants. Sa fille vit en banlieue parisienne, à une quinzaine de kilomètres de l'EHPAD, et son fils réside à la Réunion.

DOC 2 Les besoins fondamentaux selon V. Henderson

1. Respirer.
2. Boire et manger.
3. Éliminer.
4. Se mouvoir et maintenir une bonne posture.
5. Dormir et se reposer.
6. Se vêtir et se dévêtir.
7. Maintenir sa température.
8. Être propre, protéger ses téguments.
9. Éviter les dangers.
10. Communiquer.
11. Agir selon ses croyances et ses valeurs.
12. S'occuper en vue de se réaliser.
13. Se récréer, se divertir.
14. Apprendre.

→ Ces besoins sont d'ordre spirituel, psychologique, physiologique.

ACTIVITÉ 2 La différence entre besoin et attente

2 DOC 3 **Relier chaque terme à sa définition et à l'exemple correspondant.**

Définitions	Termes	Exemples
Souhait d'obtenir ou de voir se réaliser quelque chose. ●	● Besoin ●	● Prendre ses repas quotidiens.
Nécessité pour le maintien de la santé physique et psychologique. ●	● Attente ●	● Déterminer le moment de la journée auquel aura lieu une sortie.
		● Choisir entre différents plats proposés.
		● Échanger régulièrement avec d'autres personnes.

DOC 3 Besoins et attentes : quelle différence ?

La qualité des soins repose à la fois sur la prise en compte des besoins (ce qui est nécessaire à la santé, au maintien des activités physiques et cognitives) et des attentes (le plaisir et le bien-être). L'ensemble « besoins » et « attentes » pouvant être désigné par le mot exigences.

ACTIVITÉ 3

Les rythmes de vie

3 DOC 4 **Définir le rythme de vie.**

....

4 DOC 4 **Énoncer deux caractéristiques du rythme de vie.**

....

5 DOC 4 **Indiquer l'élément indispensable au bien-être général de l'individu.**

....

DOC 4 Un rythme de vie régulier

Le rythme de vie concerne toutes les activités qui reviennent régulièrement dans la vie d'un individu.
Il se caractérise par une alternance veille/sommeil sur une durée d'environ 24 heures. Le rythme de vie est variable d'un individu à l'autre mais l'espèce humaine est réglée pour un sommeil nocturne.
Un sommeil de qualité est gage d'un équilibre général (psychique, émotionnel et physique) et passe par une bonne hygiène de vie et la régularité des rythmes de veille et d'activité.

6 DOC 5 **Souligner les éléments repères qui rythment la journée de monsieur Durandal et les reporter sur le schéma.**

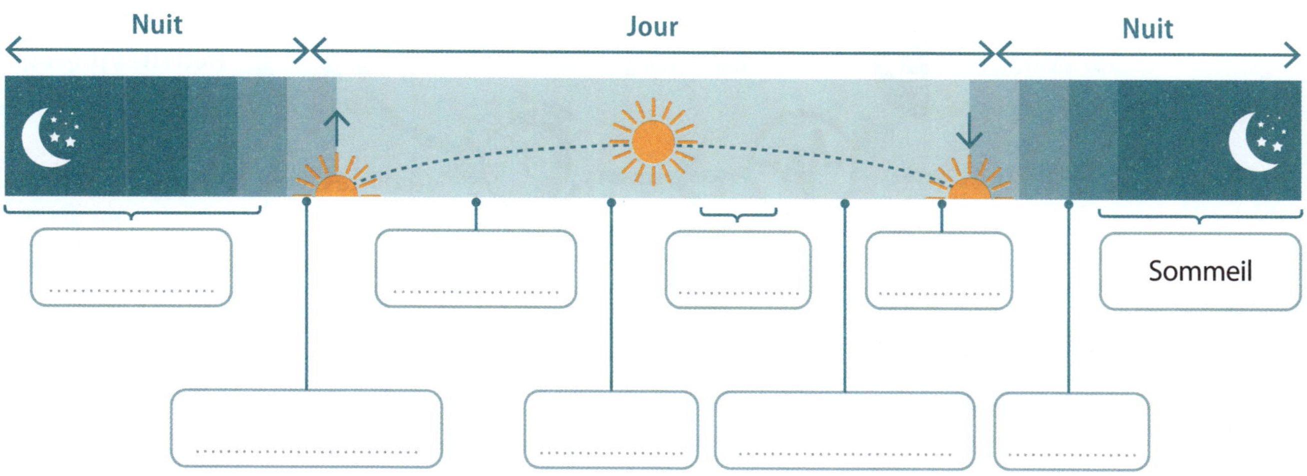

DOC 5 Un nouveau rythme pour monsieur Armand

Depuis son entrée à l'EHPAD, il y a un an, le rythme de vie de monsieur Armand a évolué. En suivant les conseils de son médecin, il veille à mener une vie régulière pour rester le plus longtemps possible en forme. Il participe de manière assidue aux activités proposées par l'établissement :
– Club Tarot deux fois par semaine avec ses amis ;
– « L'après-midi au cinéma », deux fois par mois

Autrefois, il aimait partir en randonnée avec son épouse ; maintenant, il sort dans le jardin et marche une demi-heure par jour, le plus souvent le matin pour profiter d'un meilleur ensoleillement ce qui lui permet de faire le plein de lumière et d'énergie.
Il se couche et se lève à heure fixe, fait une courte sieste après le déjeuner. Ses trois repas quotidiens sont aussi pris à des horaires réguliers.
Le soir, il lit quelques pages avant de s'endormir.

Je retiens

Synthèse rédigée et audio foucherconnect.fr/24pap052

Les besoins et les attentes de la personne âgée, les rythmes de vie

Les besoins de la personne

Besoins spirituels →	Agir selon ses croyances et valeur, s'occuper en vue de se réaliser, apprendre.
Besoins psychologiques →	Communiquer, éviter les dangers, se récréer, se divertir.
Besoins physiologiques →	Respirer, boire et manger, éliminer, se mouvoir et maintenir une bonne posture, dormir et se reposer, maintenir sa température, se vêtir et se dévêtir, être propre, protéger ses téguments.

Besoin	≠	Attente
✓ Révélateur d'un manque. ✓ Fonctionnel et essentiel.		✓ Quelque chose que l'on désire.

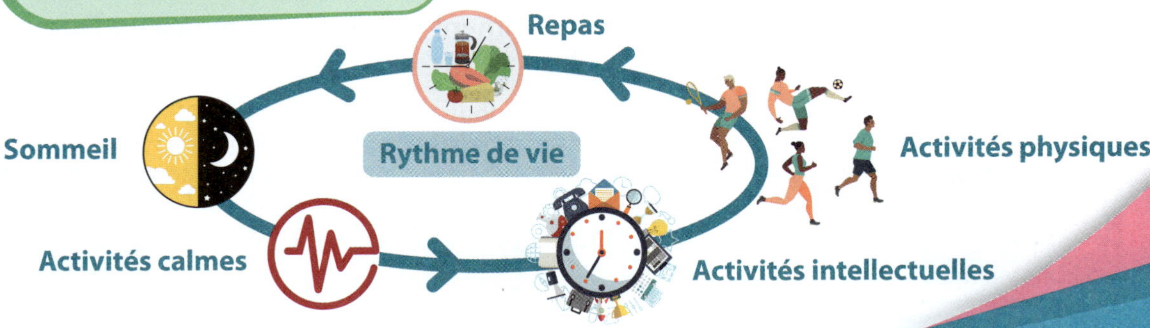

Je me teste

Exercice interactif foucherconnect.fr/24pap053

Indiquer sous chaque vignette le numéro correspondant au besoin fondamental représenté à l'aide de la liste suivante.

1. Dormir et se reposer.
2. Éliminer.
3. Être propre, protéger ses téguments.
4. Se vêtir et se dévêtir.
5. Se récréer, se divertir.
6. Apprendre.

....

....

....

....

....

....

Dossier 12

Le projet de vie

Compétences

CT4 Établir une relation bienveillante et sécurisante avec le résident.
CT4.2 Prendre en compte les besoins et les attentes de la personne.

Je découvre

Tania travaille à l'EHPAD depuis trois mois. Madame Morand, 78 ans, vient d'intégrer la structure. Tania est sollicitée pour participer à l'élaboration du projet de vie de cette nouvelle résidente.

Le projet de vie, aussi appelé projet individualisé, projet d'accompagnement ou projet personnalisé, est un document écrit qui garantit un accompagnement professionnel individualisé respectant les besoins, les habitudes de vie et les souhaits de la personne. La loi du 2 janvier 2002 impose la rédaction de ce projet à tous les établissements et services médico-sociaux.

Le projet de vie a de multiples intérêts pour la personne accueillie. Il permet de respecter ses droits, ses besoins, ses habitudes de vie et favorise le dialogue entre elle et sa structure d'accueil. C'est aussi un outil intéressant pour la coordination de l'équipe professionnelle.

- **Définir « projet de vie ».**

....

....

- **Citer les intérêts d'un projet de vie.**

....

....

Activités

Activité 1 Les différents acteurs dans la construction du projet de vie

DOC 1 Le projet de vie et la personne âgée

La personne âgée est concernée par l'élaboration de son projet de vie. Elle est la plus à même de faire part de ses habitudes de vie, de ses souhaits, de ses centres d'intérêt… Si elle n'est pas en mesure de s'exprimer, son entourage est sollicité.
Madame Morand a été reçue en entretien par l'infirmière référente du projet de vie afin qu'elle puisse s'exprimer sur ses attentes.

1 DOC 1 **Préciser si la personne âgée participe à la construction de son projet.**

....

....

....

....

....

DOC 2 Les différents acteurs dans la construction du projet

Texte lu foucherconnect.fr/24pap054

Les professionnels qui travaillent au contact de la personne accueillie participent également à la construction du projet de vie.
Dans la mesure où ces professionnels accompagnent la personne ou travaillent près d'elle, ils peuvent apporter des informations supplémentaires sur ses besoins, ses habitudes. Ces éléments peuvent avoir été observés lors des aides auprès de la résidente.
Toute l'équipe est concernée et doit être associée à la construction du projet de vie : l'équipe soignante, l'animateur, le personnel hôtelier, le personnel chargé de l'entretien et de la distribution des repas.

2 DOC 2 **Citer les autres personnes qui participent à la construction du projet.**

....

....

....

....

....

....

....

Activité 2 Les différentes étapes d'élaboration d'un projet de vie

3 **Mettre en relation les étapes de l'élaboration d'un projet de vie et leurs caractéristiques.**

Étape 1 Recueil des besoins et habitudes de vie de la personne âgée.	•	•	Le projet est écrit sur version papier ou dans un logiciel. Il est accessible aux professionnels qui interviennent auprès de la personne âgée.
Étape 2 Analyse du recueil, et détermination des actions, des activités à mettre en œuvre.	•	•	Les professionnels analysent en équipe ce recueil, et décident les actions, les activités à mettre en œuvre pour répondre au mieux aux besoins et habitudes de la personne âgée.
Étape 3 Rédaction du projet.	•	•	Le recueil est fait auprès de la personne âgée (lors d'un entretien ou d'observations) et auprès des professionnels qui accompagnent la personne.
Étape 4 Mise en œuvre du projet de vie.	•	•	L'équipe respecte ce projet de vie et le met en œuvre lors de son travail auprès de la personne âgée.
Étape 5 Évaluation du projet de vie.	•	•	Le projet de vie est évalué pour voir s'il correspond toujours aux besoins de la personne âgée.

ACTIVITÉ 3

Tania et le projet de vie de madame Morand

4 DOC 3 **Souligner l'habitude de madame Morand que Tania indique lors de la réunion d'équipe.**

DOC 3 L'implication de Tania dans la construction du projet de vie

Madame Morand a intégré la structure il y a 3 semaines. Tania a participé à une réunion d'équipe pour faire le bilan des besoins, souhaits et habitudes de vie de madame Morand. Les membres de l'équipe lui ont demandé si elle avait remarqué certaines habitudes de vie de madame Morand.

Tania a mentionné que madame Morand lui avait indiqué à plusieurs reprises qu'elle n'aimait pas prendre son petit-déjeuner avant sa toilette. L'équipe soignante a donc décidé de débuter les toilettes dans le service par celle de madame Morand.

Texte lu foucherconnect.fr/24pap055

5 **Barrer les attitudes professionnelles de Tania qui ne respectent pas les habitudes ou les souhaits de madame Morand.**

Souhaits et habitudes de vie de madame Morand	Attitudes professionnelles de Tania	
 Madame Morand aime beaucoup regarder des documentaires animaliers.	Lorsque Tania fait l'entretien de la chambre de madame Morand, elle change de chaîne car elle préfère les séries télé.	Tania respecte le choix de madame Morand, elle la laisse regarder des documentaires animaliers.
 Madame Morand souffre de douleurs aux doigts qui l'empêchent de tenir ses couverts. Pour garder son autonomie elle mange avec les doigts.	Dans les périodes où madame Morand souffre, Tania veille à ce qu'elle puisse manger en autonomie.	Tania répète à madame Morand qu'il est interdit de manger avec les doigts, que c'est sale et qu'elle va lui « donner la becquée ».
 Madame Morand préfère boire du jus d'orange avec son goûter.	Tania dispose toujours de différents jus de fruits : oranges, pommes, bananes. Elle donne toujours le choix aux résidents.	Lors de la distribution du goûter, Tania donne le même jus de fruits à tous les résidents pour aller plus vite. Elle alterne le type de jus fruits chaque jour.
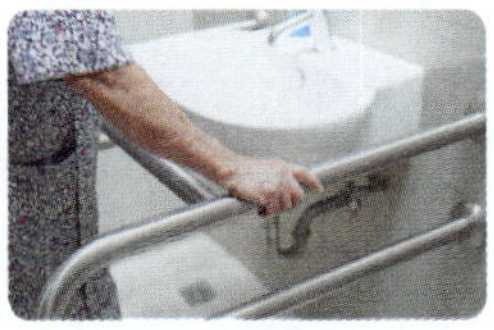 Madame Morand aime prendre son petit-déjeuner après sa toilette.	Tania distribue le petit-déjeuner dans l'ordre des chambres, sans prendre en compte les habitudes des résidents.	Tania distribue le petit-déjeuner de madame Morand en dernier pour s'assurer que sa toilette est finie.
 Madame Morand n'aime pas prendre ses repas au lit.	Tania a lu cette habitude dans le projet de vie de madame Morand et ne lui sert aucun repas au lit. Lors du petit-déjeuner, elle l'aide à s'installer à la table de sa chambre	Le matin, Tania dispose de peu de temps, elle sert le petit-déjeuner de madame Morand au lit. Elle lui explique que ce n'est pas grave pour le petit-déjeuner, les autres repas lui seront servis à la table.

Je retiens

Synthèse rédigée et audio foucherconnect.fr/24pap056

Le projet de vie

Le projet de vie

- C'est un document écrit listant les objectifs, les actions à mettre en œuvre en réponse aux besoins, attentes et habitudes de vie de la personne.
  - **La personne** → Fait part de ses habitudes de vie, de ses attentes.
  - **L'équipe pluri-professionnelle** → Recense les besoins de la personne, analyse l'ensemble et détermine les actions à mettre en place. → Chaque membre de l'équipe doit en voir connaissance et le respecter dans toutes ses actions auprès de la personne.
- Il est rédigé, mis en œuvre et évalué régulièrement.

Je me teste

Exercice interactif foucherconnect.fr/24pap057

Indiquer pour chaque affirmation si elle est vraie ou fausse.

	Vrai	Faux
a. Le projet de vie n'est pas obligatoire dans les EHPAD.		
b. Le projet de vie permet de définir les actions à mettre en place pour répondre aux besoins et aux habitudes de vie de la personne.		
c. La personne âgée ne participe pas à la construction de son projet de vie.		
d. Un projet de vie peut être commun à plusieurs résidents.		
e. L'équipe pluri-professionnelle doit avoir connaissance du projet de vie du résident qu'elle accompagne.		
f. Chaque membre de l'équipe doit prendre en compte le projet de vie pour accompagner la personne.		
g. Le projet de vie est rédigé à l'entrée du résident et n'est jamais revu.		

Le projet de vie, le projet personnalisé

FICHE OUTIL 6

Des exemples non exhaustifs de questions pour repérer les habitudes de vie

Questions	OUI	NON
Activités sportives		
Pratiquez-vous un sport ?	❑	❑
Si oui, nombre de fois par semaine ?		
Si oui, lesquels ?		
Les autres loisirs		
Pratiquez-vous des loisirs collectifs ?	❑	❑
Pratiquez-vous des loisirs individuels ?	❑	❑
Si oui, lesquels ?		
Souhaitez-vous faire de nouvelles activités ?	❑	❑
Si oui, lesquelles ?		
Quelles sont vos activités préférées ?	❑ Jeux de société	❑ Lecture
	❑ Télévision	❑ Jardinage
	❑ Cuisine	❑ Pétanque
	❑ Pêche	❑ Promenade
	❑ Aller au marché	❑ Conférences, cinéma
	❑ Théâtre, musée	❑ Tricot, broderie
	❑ Autre Précisez :	
Les repas, l'alimentation		
Comment prenez-vous vos repas ?	❑ Seul(e)	❑ Avec une aide partielle Précisez :
Avez-vous un régime alimentaire ?	❑	❑
Si oui, quel est ce régime ?		
Où souhaitez-vous prendre vos repas ?	❑ Dans votre chambre	❑ Dans la salle à manger
Quels sont les aliments que vous n'aimez pas ?		
Quels sont les aliments que vous préférez ?		
Prenez-vous une collation l'après-midi ?	❑	❑
Si oui, précisez les aliments et les boissons		

FICHE OUTIL 6

Le projet de vie, le projet personnalisé

Extraits d'un projet personnalisé

Établissement d'hébergement pour personnes âgées

Le Beau soleil

Identité du résident ***(Extraits)***

Nom : *VAUTIER*

Prénom : *Cécile*

Date de naissance : *21 avril 1939*

Téléphone : *07 62 45 63 02*

Avant l'entrée en institution, vivait :

❑ Seul ☒ En famille

❑ En structure d'hébergement ❑ Autre (précisez : ....)

Liens familiaux et sociaux

Visites régulières : ☒ Oui ❑ Non

☒ Famille ☒ Amis ❑ Voisins

Fréquences : *trois fois par semaine*

Appels téléphoniques réguliers : ☒ Oui ❑ Non

[...]

Des exemples d'objectifs retenus dans le projet personnalisé de madame Vautier

Habitudes de vie repérées	Objectifs retenus
Madame Vautier aime prendre soin d'elle : elle utilise régulièrement des produits de beauté (crème de jour) et va régulièrement chez le coiffeur.	– Veiller à ce que le personnel, lors de la toilette, lui mette à disposition ses produits. – Prendre un rendez-vous mensuel chez le coiffeur.
Madame Vautier a une aversion forte pour certains aliments : chou-fleur et épinards.	– Prévoir le remplacement des épinards et du chou-fleur quand ils sont au menu.
Madame Vautier aimait beaucoup marcher, mais elle a de moins en moins confiance en elle pour se déplacer et préfère être accompagnée.	– Proposer une aide technique à la marche pour la rassurer. – Accompagner madame Vautier, plusieurs fois par semaine, pour marcher dans les couloirs ou le parc.
Madame Vautier aime être entourée et apprécie beaucoup les jeux de société en particulier le scrabble auquel elle jouait avec une voisine avant son entrée en EHPAD.	– Proposer à madame Vautier de participer aux activités d'animation de l'EHPAD pour conserver un lien social. – Permettre à la résidente de pouvoir jouer régulièrement au scrabble.

Dossier 13

Les différents types de lits et accessoires, la réfection de lit inoccupé et les conditions favorables à l'endormissement et au réveil

Compétences

C2.1 Promouvoir l'autonomie dans les actes essentiels de la vie quotidienne.
C2.1.1 Réaliser une réfection de lit inoccupé.
C2.1.2 Favoriser le confort, le sommeil et le repos.

Je découvre

Les aides-soignantes aident les résidents à la toilette puis les conduisent au salon commun. **Magalie**, accompagnant au grand âge, réalise alors les réfections de lit des chambres du deuxième étage de l'EHPAD.

Dans les établissements d'hébergement pour personnes âgées dépendantes la plupart des lits sont dits « médicalisés ». Ils sont dotés de fonctionnalités facilitant leur entretien, leur déplacement et l'ergonomie du soignant, mais également le confort et la sécurité du résident.

La chambre d'un résident peut aussi être équipée d'un lit standard si son état de santé et son niveau de dépendance ne nécessitent pas l'utilisation d'un lit médicalisé. Un lit standard permet au résident de se sentir « comme à la maison ».

- **Compléter le tableau suivant.**

Type de lit	Intérêts
Lit médicalisé	....
Lit standard	....

Activités

Les différents accessoires

ACTIVITÉ 1

1 DOC 1 **Légender la photo.**

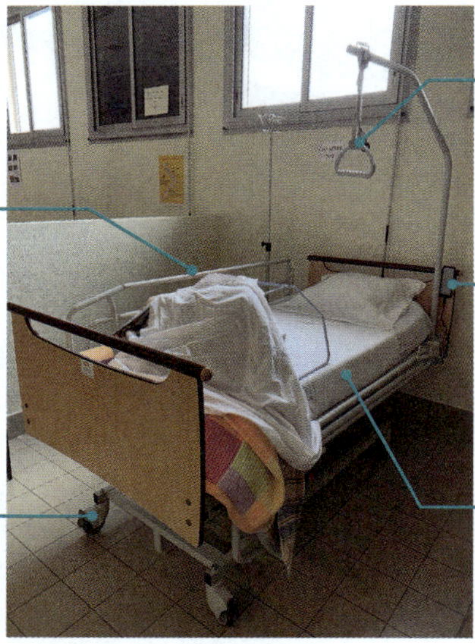

....

....

....

....

....

....

....

....

....

....

DOC 1 Les accessoires standards

Le lit médicalisé est doté d'un matelas totalement recouvert d'une housse imperméable lavable au détergent-désinfectant. Une télécommande à commande électrique permet au personnel et à l'usager de régler le lit en hauteur, de relever et baisser le dossier et les pieds. Des roulettes avec freins permettent de déplacer facilement le lit lors de l'entretien du sol par exemple et d'éviter qu'il ne bouge quand les freins sont enclenchés. Sur prescription médicale uniquement, une ou deux barrières de protection peuvent être installées afin d'éviter les chutes et garantir la sécurité de l'usager. La barre de traction (aussi appelée perroquet, potence ou trapèze) permet au résident de se soulever pour se redresser dans son lit, favorisant ainsi son confort et son autonomie.

2 DOCS 1 et 2 **Compléter le tableau suivant.**

Accessoires	Intérêts
Matelas avec housse imperméable	....
Télécommande	....
Roulettes avec freins	....
Barrières	....
Barre de traction	....
Tige porte perfusion	....
Arceaux de lit	....

DOC 2 Les accessoires complémentaires

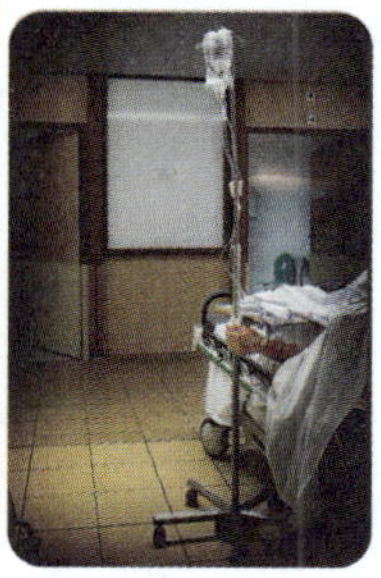

Tige porte perfusion

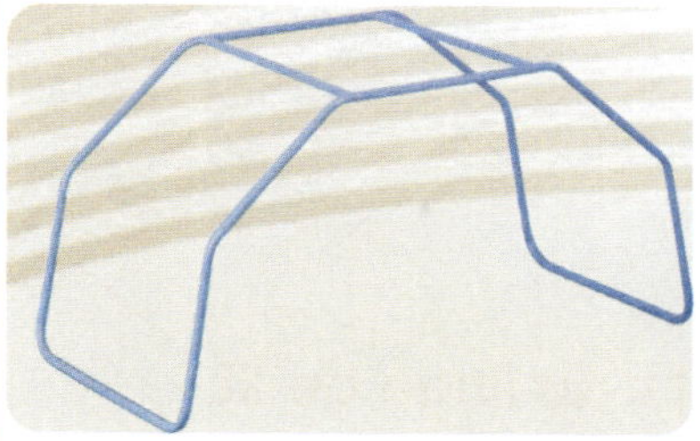

Arceau de lit permet de garder en hauteur les couvertures et les draps pour éviter un contact prolongé entre les zones sensibles et le linge de lit.

ACTIVITÉ 2 Les différentes réfections de lit non occupé

3 DOC 3 **Pour chaque situation, indiquer quel type de réfection Magalie devra réaliser.**

Situation A

En prenant son petit-déjeuner au lit, monsieur Martin a renversé sa tasse de café. Le drap de dessous et la taie d'oreiller ont été tachés. L'ensemble du linge de lit a été changé hier.

Réfection : ....

Situation B

Monsieur Monod présente une hyperthermie (température corporelle au-dessus de la normale). Il transpire beaucoup, ses draps sont mouillés.

Réfection : ....

Situation C

Madame Schmit est atteinte de la maladie d'Alzheimer. Elle est incontinente urinaire et fécale. Cette nuit, elle a retiré sa protection et toutes les pièces du linge de lit sont souillées.

Réfection : ....

Situation D

Madame André réside à l'EHPAD depuis deux jours. Après avoir réalisé sa toilette, elle se rend dans le salon commun. Magalie profite de son absence pour refaire son lit. Les draps sont d'apparence propre.

Réfection : ....

Texte lu
foucherconnect.fr/24pap058

DOC 3 La réfection de lit

La réfection de lit signifie « refaire le lit ». Il s'agit donc de changer tout ou une partie du linge de lit. C'est ce que l'on appelle « une réfection totale » ou « une réfection partielle ».

Dans les EHPAD, le lit est un véritable lieu de vie utilisé pour le sommeil, la toilette, les soins, la prise de repas, lors des visites, etc.

La réfection de lit est réalisée chaque matin, après la sieste et à chaque fois que le linge de lit est souillé. La plupart du temps, elle se fait après la toilette du matin et avant l'entretien de la chambre. Une réfection totale du lit est réalisée une à deux fois par semaine ou autant que nécessaire si l'ensemble des draps est souillé. Le reste du temps, une réfection partielle est suffisante avec un change de l'alèse quotidiennement.

ACTIVITÉ 3

Les composants et les conditions d'utilisation du linge de lit

4 DOC 4 **Lister les éléments composant le linge lit lors d'une réfection totale.**

....

....

Texte lu foucherconnect.fr/24pap059

DOC 4 Les composants du linge de lit

Le linge de lit participe à l'image de marque de la structure. En effet, c'est la première chose que l'on voit lorsque l'on entre dans une chambre. Le linge de lit doit donc être propre et le lit fait correctement.
Pour réaliser une réfection de lit totale, chaque lit nécessite : deux draps plats, un qui recouvre le matelas (le drap de dessous) et un qui se trouve entre le résident et la couverture (le drap de dessus) ; une alèse jetable ou réutilisable changée chaque jour et chaque fois que nécessaire ; une taie d'oreiller ; une couverture ignifugée (ininflammable) ; parfois un dessus-de-lit.
Certaines structures utilisent des draps-housses à la place du drap plat de dessous mais uniquement sur des lits et matelas standard.
Le linge de lit doit être facile d'entretien et résistant à de nombreux lavages à haute température afin de détruire les micro-organismes.

5 DOC 5 **Pour chaque situation, indiquer la recommandation de manipulation du linge qui n'a pas été respectée.**

Situations	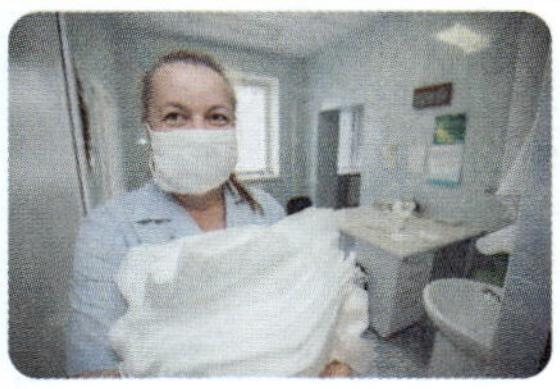		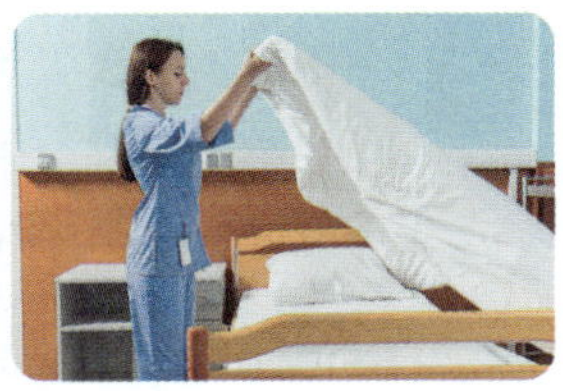
Recommandation non respectée	....	....	....

DOC 5 Les recommandations de manipulation du linge de lit

Le linge propre et le linge sale sont des supports idéaux à la prolifération des germes. Ils sont ainsi responsables d'un certain nombre d'infections associées aux soins. Ils doivent être manipulés en respectant certaines règles.

Texte lu foucherconnect.fr/24pap060

Le linge sale	– Le chariot de linge sale reste dans le couloir. – La manipulation du linge se fait à bout de bras en évitant tout contact avec la tenue. – Le linge de lit est plié afin de renfermer les souillures avant son évacuation. – Le linge sale n'est jamais posé sur le sol. – Le linge sale sec et le linge sale humide sont entreposés dans deux sacs à linge différents. – Des gants à usage unique sont utilisés lors de la présence de liquide biologique. – Un lavage des mains est réalisé après manipulation du linge sale.
Le linge propre	– Le linge propre est entreposé sur un chariot de linge qui reste dans le couloir. – Un lavage des mains est réalisé avant toute manipulation du linge propre. – L'adaptable du résident est nettoyée et désinfectée afin d'y déposer le linge propre nécessaire à la réfection de lit. – Les pièces de lit ne sont jamais secouées mais dépliées délicatement.

ACTIVITÉ 4

Les conditions favorisant l'endormissement et le réveil

6 DOC 6 **Entourer sur l'image les éléments sur lesquels pourrait intervenir Magalie pour permettre à la résidente de s'endormir.**

DOC 6 Le confort, le sommeil et le réveil du résident

Texte lu foucherconnect.fr/24pap061

Le plus important pour favoriser le repos et le sommeil d'un résident est d'agir en fonction de ses habitudes de vie et de ses souhaits, le tout, en garantissant son confort et sa sécurité.

Voici quelques conseils pour l'endormissement :

- mettre les barrières de lit s'il y a une prescription médicale ;
- descendre le lit pour éviter les chutes si le résident se lève seul ;
- approcher les pantoufles et le matériel d'aide au déplacement si besoin ;
- s'assurer que le résident soit vêtu de vêtements confortables (pyjama) ;
- enlever lunettes, prothèses auditives et dentaires et les laisser à portée de main ;
- s'assurer de la bonne température de la pièce (entre 19 et 20 °C) et couvrir la personne en fonction de la température et de son souhait ;
- positionner le matelas et l'oreiller pour garantir le confort ;
- mettre à portée de main la sonnette et la télécommande du lit ;
- approcher l'adaptable avec un verre d'eau, un livre, en fonction des habitudes ;
- supprimer toute nuisance sonore ;
- éteindre la lumière et plonger la pièce dans la pénombre.

Voici quelques conseils pour le réveil :

- laisser le résident se réveiller seul, il faut s'adapter à son rythme ;
- entrer doucement dans la chambre et sans faire trop de bruit le matin ;
- allumer une petite lumière ou entrouvrir les volets pour éviter d'éblouir le résident.

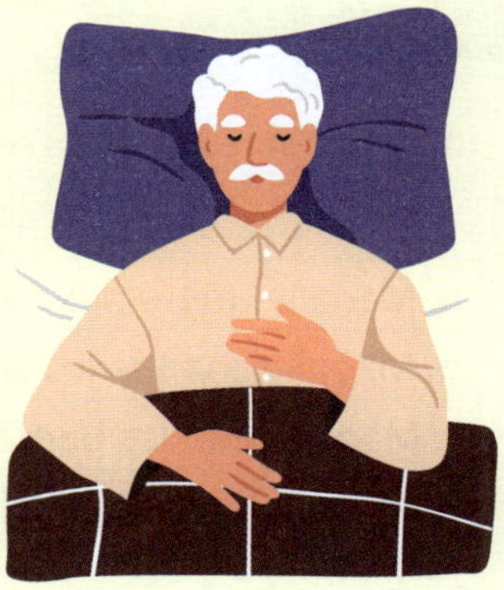

Je retiens

Synthèse rédigée et audio
foucherconnect.fr/24pap062

Les différents types de lits et accessoires, la réfection de lit inoccupé et les conditions favorables à l'endormissement et au réveil

Le lit médicalisé et ses accessoires

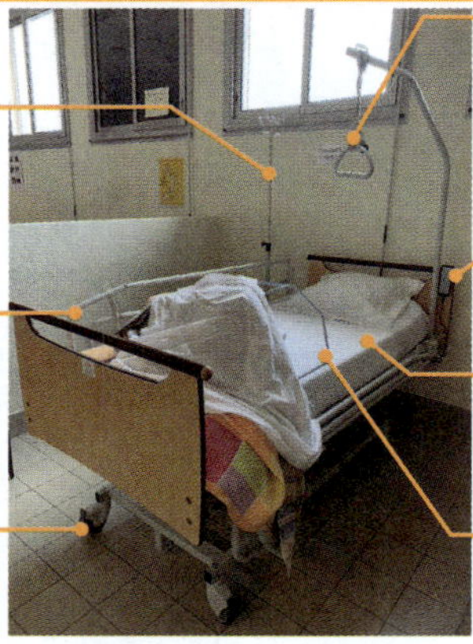

- Tige porte perfusion facilitant la pose de perfusion.
- Barrières de protection (sur prescription) garantissant la sécurité de l'usager.
- Roulettes avec freins permettant son déplacement.
- Barre de traction favorisant l'autonomie et le confort.
- Télécommande électrique pour régler la position et la hauteur.
- Housse de matelas imperméable facilitant l'entretien.
- Arceau de lit évitant compressions et douleurs.

La réfection de lit

Totale : 2 draps plats, 1 taie d'oreiller, 1 alèse jetable ou réutilisable.

Partielle : 1 alèse (changée au moins une fois par jour), le linge souillé.

La manipulation du linge propre et du linge sale

- Se laver les mains avant et après.
- Ne jamais poser au sol ni contre soi.
- Ne jamais secouer le linge de lit.
- Laisser les chariots de linge dans le couloir.
- Porter des gants à usage unique si présence de liquide biologique.

Les conseils pour favoriser repos, sommeil, réveil

- En fonction des préférences du résident.
- Atmosphère confortable, silencieuse, non stimulante.
- Objets utiles à disposition.
- Lit ajusté.

Je me teste

Exercice interactif
foucherconnect.fr/24pap063

Indiquer si les actions réalisées par Magalie sont correctes ou non.

	Correct	Non correct
a. Magalie utilise des gants à usage unique pour chaque réfection de lit.		
b. Magalie change les alèses tous les jours.		
c. Magalie met les barrières à chaque lit pour éviter les chutes.		
d. Magalie ne met jamais le linge sale au sol même si celui-ci va être nettoyé juste après.		

La réfection de lit inoccupé

Matériels

- ☑ Lavettes
- ☑ Gants à usage unique si présence de liquide biologique
- ☑ Linge de lit propre
- ☑ Chariot de linge sale et poubelle (Ils restent dans le couloir.)

Produits

- ☑ Détergent-désinfectant (DD)
- ☑ Solution hydroalcoolique (SHA)

La réfection peut être **totale** ou **partielle** en fonction de la situation observée.

ÉTAPES	TECHNIQUES	POURQUOI ?
ÉTAPE 1 	**Organiser l'espace** – Mettre la présence. – Ouvrir la fenêtre, réaliser le bionettoyage de l'adaptable et de la chaise qui sera placée en bout de lit. – Dégager l'espace.	– Respecter l'intimité. – Assainir et renouveler l'air.
ÉTAPE 2 	**Se frictionner les mains** – Réaliser une friction à la SHA.	– Éviter les contaminations manuportées.
ÉTAPE 3 	**Préparer l'environnement** – Déposer le linge propre sur l'adaptable en fonction de l'ordre d'utilisation. – Mettre le lit à plat et le remonter à hauteur de hanche.	– Éviter les manipulations inutiles et respecter l'ergonomie.
ÉTAPE 4  	**Défaire le lit** – Plier le couvre-lit en 3 et le déposer sur la chaise. – Ôter la taie d'oreiller, la laisser sur le lit et déposer l'oreiller sur le couvre-lit. – Déborder le lit. – Plier en 3 la couverture et la poser sur l'oreiller. – Faire de même avec les draps qui seront réutilisés	– Éviter tout contact du linge avec le sol.
ÉTAPE 5 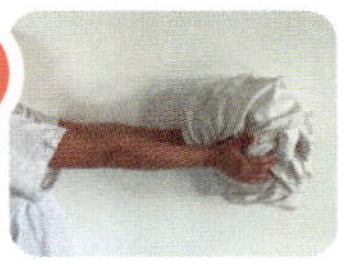	**Évacuer le linge sale** – Replier l'ensemble du linge sale sur lui-même, l'évacuer à bout de bras jusqu'au chariot de linge sale. – Jeter l'alèse dans la poubelle si elle jetable.	– Enfermer les micro-organismes et éviter tout contact avec la tenue.
ÉTAPE 6 	**Se frictionner les mains** – Réaliser une friction à la SHA.	– Éviter les contaminations manuportées.

FICHE TECHNIQUE 1

La réfection de lit inoccupé

ÉTAPES	TECHNIQUES	POURQUOI ?
ÉTAPE 7 	**Bionettoyer le lit (si réfection totale)** – Nettoyer et désinfecter au DD le cadre de lit, les différents accessoires et le matelas.	– Éliminer les micro-organismes.
ÉTAPE 8 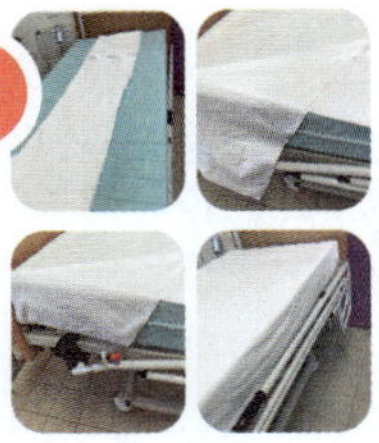	**Mettre le drap de dessous** – Déplier et centrer le drap de dessous. – Faire les coins au carré. – Border sur les côtés (sauf s'il s'agit d'un matelas anti-escarres). – S'assurer de l'absence de plis.	– Assurer le maintien du drap. – Prévenir l'apparition d'escarres.
ÉTAPE 9 	**Placer l'alèse** – Si l'alèse est jetable, la centrer au niveau de l'assise du résident. – Si l'alèse est réutilisable la centrer et la border (sauf s'il s'agit d'un matelas anti-escarres).	– Protéger le drap de dessous et le matelas des souillures.
ÉTAPE 10 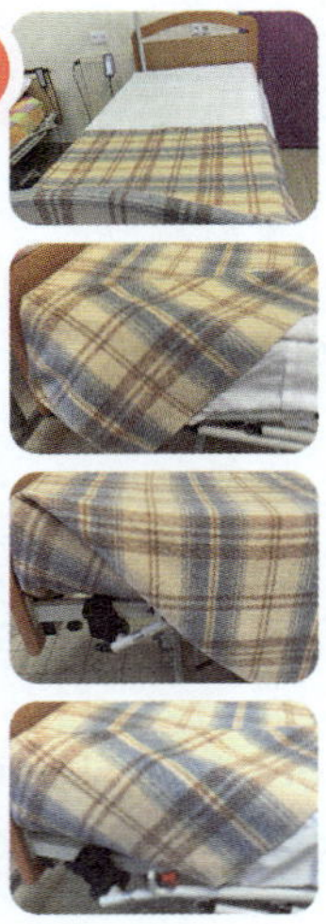	**Positionner le drap de dessus et la couverture** – Déplier et centrer le drap à l'envers ainsi que la couverture. – Les tirer légèrement vers le pied du lit et faire un revers avec le drap et la couverture sur le haut du lit. – Faire les coins au carré au pied du lit. – Faire le pli d'aisance.	– Garantir l'esthétisme. – Faciliter le couchage.
ÉTAPE 11 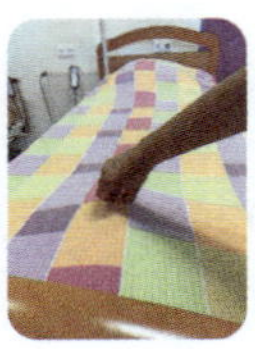	**Remettre l'oreiller et le couvre-lit** – Mettre la taie d'oreiller et le remettre en place. – Remettre le couvre-lit en réalisant les coins au carré au pied. – Faire le pli d'aisance.	
ÉTAPE 12 	**Réorganiser l'environnement** – Abaisser le lit. – Fermer la fenêtre. – Bionettoyer la chaise et l'adaptable, se frictionner les mains et les remettre à leur place. – Remettre à leur place la télécommande, la sonnette, etc. – Éteindre la présence.	– Permettre au résident de retrouver une chambre rangée et d'avoir à portée de main ce dont il a besoin.

14 Dossier

Les pathologies de l'appareil locomoteur

Compétences
C2.1 Promouvoir l'autonomie dans les actes essentiels de la vie quotidienne.
C2.1.3 Contribuer aux activités motrices.

Je découvre

Sonia accompagne madame Erica à l'extérieur. Madame Erica a vraiment du mal à se déplacer sans aide. Elle demande à Sonia de ne pas aller trop vite, car son arthrose la fait souffrir lorsqu'elle marche. Sonia remarque que ce n'est pas la seule personne de l'EHPAD à souffrir des articulations ou à rencontrer des difficultés à se mobiliser.

L'appareil locomoteur est le système du corps qui permet de bouger. Il est constitué des os, des muscles, des articulations et des tendons. Les os forment la structure de base. Les muscles sont responsables du mouvement. Les articulations permettent la flexibilité et la mobilité des membres. Les tendons relient les muscles aux os.

Ces composants travaillent ensemble pour permettre de marcher, courir, sauter et accomplir toutes sortes de mouvements en gardant l'équilibre. L'appareil locomoteur est essentiel pour se déplacer et interagir avec le monde qui nous entoure.

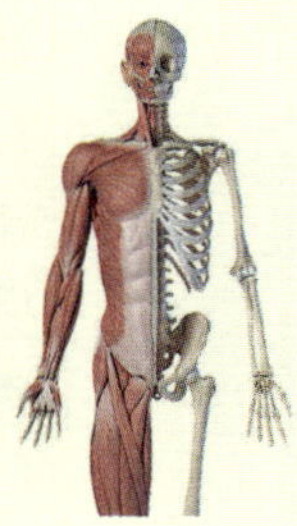

- **Citer les composants de l'appareil locomoteur.**

....

....

- **Indiquer pourquoi l'appareil locomoteur est essentiel pour bouger.**

....

....

Activités

ACTIVITÉ 1 L'arthrose et l'arthrite

DOC 1 Arthrose ou arthrite ?

L'arthrose
Il s'agit d'une usure progressive des articulations. L'arthrose se produit lorsque le cartilage s'abîme au fil du temps. Le cartilage est le tissu lisse qui recouvre les extrémités des os dans une articulation. Sans cartilage, les os frottent les uns contre les autres. Cela provoque des douleurs, des raideurs articulaires et une réduction de la mobilité. L'arthrose est souvent liée au vieillissement, à des traumatismes antérieurs ou à une surutilisation des articulations.
L'arthrite
L'arthrite est une inflammation des articulations. Il existe différents types d'arthrite, mais la plus courante est la polyarthrite rhumatoïde. L'arthrite est une maladie auto-immune, le système immunitaire attaque les articulations. Elle provoque une inflammation douloureuse. Les symptômes courants de l'arthrite sont : la douleur, le gonflement, la raideur articulaire et une diminution de la mobilité des articulations.

1 DOC 1 **Expliquer à quoi sont dues les douleurs de madame Erica, la résidente accompagnée par Sonia.**

....

....

....

2 DOC 1 **Entourer les symptômes communs à l'arthrite et à l'arthrose.**

- Douleur
- Rougeur
- Inflammation
- Gonflement
- Raideur articulaire
- Diminution de la mobilité
- Craquements

ACTIVITÉ 2 L'ostéoporose

3 DOC 2 **Cocher vrai ou faux pour chaque proposition.**

	Vrai	Faux
a. L'ostéoporose rend les os plus solides.		
b. Les os deviennent plus minces et moins denses chez une personne atteinte d'ostéoporose.		
c. L'ostéoporose touche principalement les jeunes adultes.		
d. L'ostéoporose est plus fréquente chez les personnes âgées, en particulier chez les femmes après la ménopause.		
e. L'alimentation et l'exercice sont importants pour la santé des os.		
f. L'ostéoporose augmente le risque de fracture en cas de chute.		

DOC 2 Des os qui deviennent fragiles

Texte lu foucherconnect.fr/24pap064

L'ostéoporose est une maladie des os qui les rend plus fragiles et plus susceptibles de se casser. Normalement, les os sont solides et forts, mais avec l'ostéoporose, ils deviennent plus minces et moins denses. Cela signifie qu'ils sont plus vulnérables aux fractures, même en cas de chocs ou de chutes légers. L'ostéoporose est plus fréquente chez les personnes âgées, en particulier les femmes après la ménopause, mais il est essentiel de prendre soin des os tout au long de la vie en mangeant bien, en faisant de l'exercice et en évitant le tabagisme et la consommation excessive d'alcool.

ACTIVITÉ 3

Les troubles de l'équilibre

4 DOC 3 **Citer les changements de l'appareil locomoteur des personnes âgées qui contribuent aux troubles de l'équilibre.**

....

....

5 DOC 3 **Expliquer le risque principal associé aux troubles de l'équilibre chez une personne âgée.**

....

....

DOC 3 Un équilibre instable

Texte lu foucherconnect.fr/24pap065

Les troubles de l'équilibre chez les personnes âgées sont souvent liés aux changements dans leur appareil locomoteur : fragilité des os, perte de force musculaire et raideur des articulations. Prendre soin de ces aspects de la santé physique est essentiel pour prévenir les chutes et maintenir un équilibre stable. Les troubles de l'équilibre chez les personnes âgées augmentent considérablement le risque de chutes. Les chutes peuvent entraîner des blessures graves, telles que des fractures osseuses, des contusions, des blessures à la tête, et avoir des conséquences graves sur la santé et la qualité de vie des personnes âgées.

ACTIVITÉ 4

L'accompagnement des personnes âgées

6 DOC 4 **Relier les éléments entre eux.**

Permettre aux personnes âgées de se déplacer autant que possible en toute sécurité en installant des aides à la mobilité, comme des cannes ou des déambulateurs. •	• Être attentif et empathique.
S'assurer que les personnes âgées portent des chaussures adaptées. •	• Soutenir la mobilité.
Écouter leurs préoccupations et montrer de l'empathie pour ce qu'elles traversent. Les personnes âgées peuvent ressentir de la frustration ou de la vulnérabilité en raison de leurs troubles. •	• Prévenir les chutes.

DOC 4 Pour conserver l'autonomie

L'accompagnement des personnes âgées ayant des troubles de l'appareil locomoteur implique de les soutenir dans leur mobilité, de veiller à leur sécurité, de favoriser l'exercice et de leur offrir un soutien émotionnel. Une aide adaptée peut contribuer à améliorer leur qualité de vie et à maintenir leur autonomie, leur indépendance.

Je retiens

Synthèse rédigée et audio
foucherconnect.fr/24pap066

Les pathologies de l'appareil locomoteur

L'appareil locomoteur

Système du corps qui nous permet de bouger.
Il comprend les os, les muscles, les articulations et les tendons.

L'arthrose

Usure progressive des articulations, provoquant des douleurs et des raideurs. Elle est souvent due au vieillissement et entraîne une réduction de la mobilité.

L'arthrite

Inflammation des articulations, ayant pour origine un mauvais fonctionnement du système immunitaire. Elle provoque des douleurs, des gonflements et des raideurs.

Les troubles de l'équilibre chez les personnes âgées

Ils sont souvent dus à des changements dans leur appareil locomoteur, tels que la fragilité des os, la perte de force musculaire et la raideur des articulations, augmentant le risque de chutes.

Accompagner les personnes atteintes.

Être attentif, empathique, soutenir leur mobilité, veiller à la sécurité, prévenir les chutes, être patient et encourageant.

Je me teste

Exercice interactif
foucherconnect.fr/24pap067

Cocher la bonne réponse.

a. Les personnes âgées sont plus susceptibles d'avoir des troubles de l'équilibre :
- ☐ à cause de leur forte activité physique.
- ☐ en raison de changements dans leur appareil locomoteur.
- ☐ parce qu'elles sont moins attentives à leur santé.

b. Pour aider les personnes âgées ayant des troubles de l'appareil locomoteur, il faut :
- ☐ les laisser se débrouiller seules pour gagner en indépendance.
- ☐ encourager leur mobilité et assurer leur sécurité.
- ☐ les isoler pour éviter les chutes.

c. L'arthrose est :
- ☐ une inflammation des articulations.
- ☐ une usure progressive des articulations.
- ☐ un excès de force musculaire.

d. L'arthrite est :
- ☐ une inflammation des articulations.
- ☐ la même pathologie que l'arthrose.
- ☐ une maladie des muscles.

Dossier 15

Le matériel d'aide à la mobilisation, aux déplacements, accompagnement à la marche

Compétences
C2.1 Promouvoir l'autonomie dans les actes essentiels de la vie quotidienne.
C2.1.3 Contribuer aux activités motrices.

Je découvre

Madame Anaé, la cadre de santé de l'EHPAD, demande à **Menel** d'accompagner madame Pierre dans le jardin. Madame Anaé précise que madame Pierre doit s'aider avec le déambulateur qui se trouve dans le local parmi d'autres matériels d'aide aux déplacements.

Comment trouver le bon matériel d'aide à la mobilisation ?

Quel est mon rôle dans l'accompagnement à la marche et aux déplacements ?

Les matériels d'aide à la mobilisation et aux déplacements sont des dispositifs conçus pour faciliter la mobilité et les déplacements des personnes âgées. Ils sont particulièrement utiles pour les personnes ayant des problèmes de santé ou une limitation physique.
Ces dispositifs visent à améliorer l'indépendance et la qualité de vie des personnes âgées. Ils permettent aux personnes âgées de rester actives et autonomes. Elles peuvent se déplacer plus facilement et en toute sécurité. Les matériels d'aide à la mobilisation et aux déplacements réduisent les risques de chutes. Ils comprennent des aides à la marche tels que les cannes, les déambulateurs, les cadres de marche et les fauteuils roulants. Ces matériels sont adaptés aux besoins individuels des personnes âgées.

- **Citer les types de matériels d'aide à la mobilisation et aux déplacements.**

....

- **Préciser les objectifs de ces types de matériels pour les personnes âgées.**

....

....

Activités

ACTIVITÉ 1 Les cannes, déambulateurs et fauteuils roulants

1 Pour aider Menel à trouver le bon matériel, associer chaque élément à sa fonction et/ou intérêt.

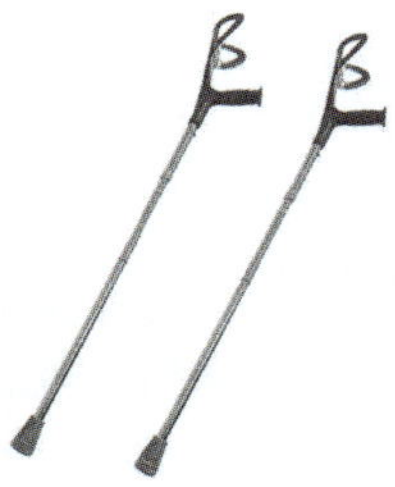

Les cannes anglaises comportent une poignée prolongée avec un contre-appui à l'arrière de l'avant-bras, offrant ainsi une bonne stabilité. •

Les cannes simples se composent généralement d'une poignée courbe ou en T, d'une tige et d'un embout antidérapant •

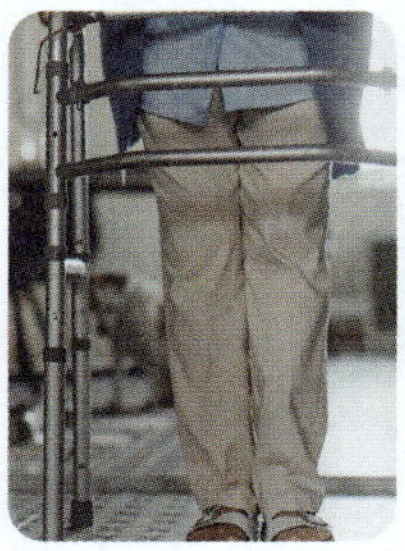

Les cadres de marche sont constitués d'un cadre métallique avec deux poignées et de quatre pieds munis d'embouts antidérapants. •

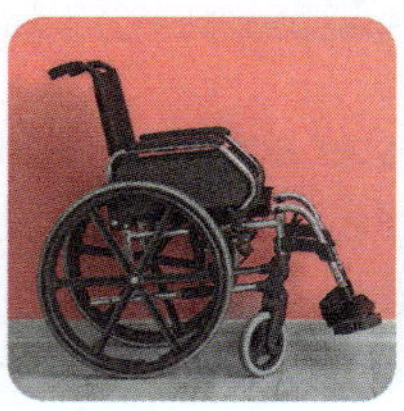

Les fauteuils roulants sont des sièges montés sur des roues. Ils sont conçus pour aider les personnes à se déplacer. Ils sont disponibles en différents modèles, notamment manuels et électriques, chacun ayant ses propres avantages et inconvénients. •

Les déambulateurs à roues se composent de deux poignées et de deux à quatre roues. Ils permettent des déplacements en intérieur et en extérieur en fonction de l'autonomie de la personne. •

• Elles sont adaptées pour une décharge importante d'un membre inférieur. Elles sont souvent utilisées en rééducation pour une durée limitée.

• Ils offrent un bon équilibre grâce à leurs quatre points d'appui. Ils nécessitent des surfaces dégagées. Certains modèles pliants sont faciles à transporter et à ranger.

• Elles offrent un soutien modéré pour la marche, mais exigent un poignet stable.

• Les modèles sans roues exigent une bonne coordination pour être soulevés à chaque pas. Ils sont principalement utilisés en intérieur.

• Ils sont essentiels pour les personnes à mobilité réduite. Ils offrent une grande indépendance et la possibilité de participer activement à la vie quotidienne.

ACTIVITÉ 2

L'utilisation des matériels d'aide aux déplacements

2 DOC 1 **Expliquer pourquoi il est essentiel de vérifier l'état d'une canne ou d'un déambulateur avant de les utiliser.**

....

....

3 DOC 1 **Citer les mesures de précautions à prendre lors de l'ajustement de la hauteur d'une canne.**

....

....

....

4 DOC 1 **Citer l'intérêt principal de ces précautions.**

....

DOC 1 Les précautions d'utilisation

Texte lu foucherconnect.fr/24pap069

Vidéo foucherconnect.fr/24pap068

Avant de se servir d'une canne ou d'un déambulateur, il est essentiel de vérifier son état afin d'éviter les chutes. Les embouts antidérapants doivent être en bon état, car ils assurent une adhérence au sol. Il convient de les remplacer dès qu'ils sont endommagés ou usés. Les aides techniques mises à disposition dans l'EHPAD doivent être nettoyées avant chaque utilisation par des résidents différents. La hauteur d'une canne doit être réglée : la poignée doit atteindre le niveau de la hanche, le coude doit former un angle de 30 degrés, et le dos de la personne ne doit pas être courbé lorsqu'elle utilise la canne. La canne doit toujours être tenue du côté le plus valide de la personne, pour réduire la pression sur la jambe affaiblie. Les précautions d'utilisation d'un cadre de marche ou d'un déambulateur sont les mêmes que pour les cannes. Les poignées doivent être réglées au niveau des mains de la personne. Faire le choix d'un outil d'aide à la marche adapté à la personne, c'est trouver le produit qui pourra assurer sécurité et confort afin de préserver la mobilité et l'autonomie de la personne utilisatrice.

Choisir la bonne taille pour sa canne de marche

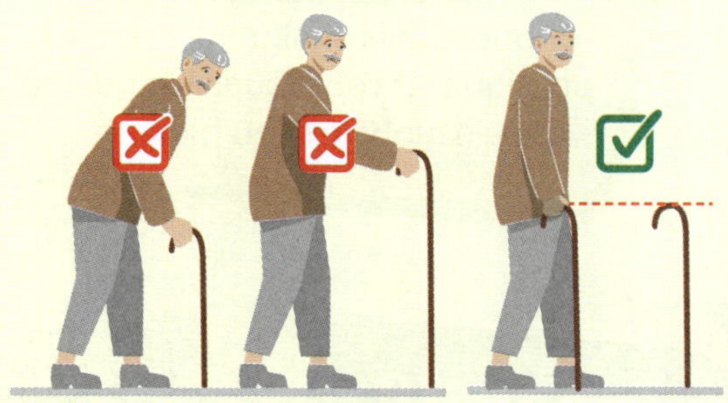

ACTIVITÉ 3

Le maintien de l'autonomie motrice de la personne

5 DOC 2 **Justifier l'importance de maintenir l'autonomie motrice chez une personne âgée.**

....

....

....

DOC 2 Favoriser l'autonomie

Texte lu foucherconnect.fr/24pap070

Le maintien de l'autonomie motrice chez la personne âgée est essentiel pour prévenir les chutes, favoriser la confiance en soi, participer aux activités quotidiennes, rester actif physiquement, et préserver sa qualité de vie globale. Cela permet à la personne âgée de vivre de manière plus indépendante, en réduisant sa dépendance envers les autres et en contribuant à sa santé et à son bien-être à long terme.

Je retiens

Synthèse rédigée et audio
foucherconnect.fr/24pap071

Le matériel d'aide à la mobilisation, aux déplacements, accompagnement à la marche

Les dispositifs d'aide à la mobilité

Le choix de l'appareil dépend des besoins individuels et de l'état de santé de la personne.

- ✓ Cannes
- ✓ Déambulateurs
- ✓ Fauteuils roulants
- ✓ Cadres de marche

L'utilisation des dispositifs d'aide à la mobilité

- L'ajustement approprié de la hauteur de ces dispositifs est essentiel pour assurer leur efficacité et minimiser les risques.
- Avant d'utiliser ces dispositifs, il est important de vérifier leur état pour prévenir les chutes.

Le maintien de l'autonomie motrice chez la personne âgée

- Il permet de prévenir les chutes, favoriser la confiance en soi, participer aux activités quotidiennes, maintenir l'activité physique, et contribuer à la qualité de vie globale et au bien-être.
- Avec ou sans dispositif d'aide.

Je me teste

Exercice interactif
foucherconnect.fr/24pap072

Cocher vrai ou faux pour chaque proposition.

	Vrai	Faux
a. Avant d'utiliser un dispositif d'aide à la mobilité, il est important de vérifier son état pour prévenir les chutes.		
b. Les embouts antidérapants des dispositifs d'aide à la mobilité ne nécessitent pas d'entretien particulier.		
c. La hauteur des cannes, des déambulateurs et des cadres de marche doit être réglée en fonction de la taille de la personne.		
d. Lors de l'utilisation d'une canne, il est préférable de la tenir du côté où la personne est la plus faible.		
e. Les dispositifs d'aide à la mobilité sont principalement utilisés en extérieur pour faciliter les déplacements.		
f. Le maintien de l'autonomie motrice chez la personne âgée peut contribuer à préserver sa santé physique et émotionnelle.		

L'accompagnement à la mobilisation et aux déplacements

FICHE TECHNIQUE 2

Avec la démarche « Accompagner la mobilité de la personne âgée » (ALM), l'aidant ne compense que la partie du déplacement que la personne âgée ne peut réaliser seule. L'aidant explique, guide, encourage, il apporte une aide physique. L'aide qu'il apporte ne doit pas lui faire mal au dos ou aux articulations. Si nécessaire, il utilise un matériel d'aide au déplacement.

Accompagner à la marche

ÉTAPES	TECHNIQUES
ÉTAPE 1	**Dégager l'environnement** – Enlever ce qui pourrait être un obstacle sur le trajet.
ÉTAPE 2	**S'assurer des possibilités de la personne aidée à réaliser son déplacement** – Vérifier ses capacités physiques à se déplacer, si besoin, prévoir une aide technique (canne ou déambulateur).
ÉTAPE 3	**Informer la personne** – L'aidant explique qu'il va aider la personne à se déplacer.
ÉTAPE 4 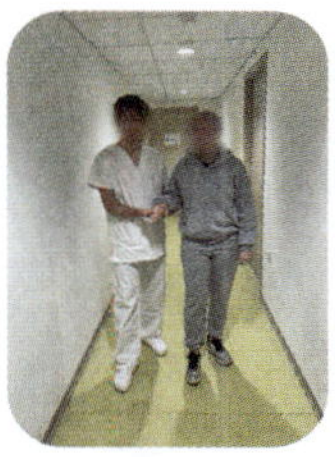	**Se placer à côté de la personne âgée**
ÉTAPE 5 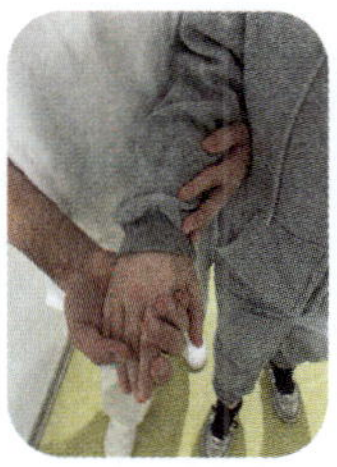	**Accompagner la personne en la soutenant (s'il n'y a pas utilisation d'aide matérielle)** – Lui donner le bras le plus proche et lui proposer la main la plus éloignée afin de s'en servir comme d'une canne.
ÉTAPE 6 	**Avancer** – Quand la personne est prête, commencer à marcher avec le même pied que la personne.
ÉTAPE 7	**Installer** – Arriver à destination, l'aidant indique et guide la main de la personne vers l'appui à atteindre ou bien l'accompagne à s'asseoir sur une chaise.

L'accompagnement à la mobilisation et aux déplacements

Accompagner à l'installation sur une chaise

Matériel

- ☑ Chaise

ÉTAPES	TECHNIQUES

ÉTAPE 1

Dégager l'environnement et préparer le fauteuil ou la chaise
– Installer le fauteuil à l'endroit où la personne souhaite s'installer.

ÉTAPE 2

S'assurer des possibilités de la personne aidée à réaliser seule son déplacement et l'informer du début de l'accompagnement
– Vérifier ses capacités physiques à se déplacer, si besoin, prévoir une aide technique (canne ou déambulateur).

ÉTAPE 3

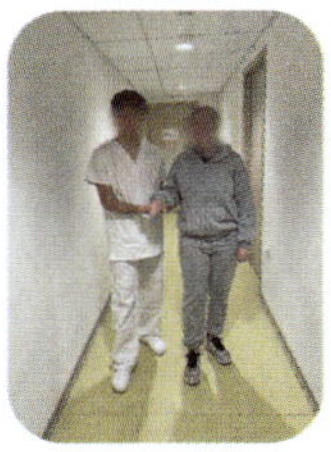

Accompagner la personne en la soutenant (s'il n'y a pas utilisation d'aide matérielle)
– Lui donner le bras le plus proche et lui proposer la main la plus éloignée afin de s'en servir comme d'une canne.

ÉTAPE 4

Avancer
– Commencer à marcher avec le même pied que la personne.

ÉTAPE 5

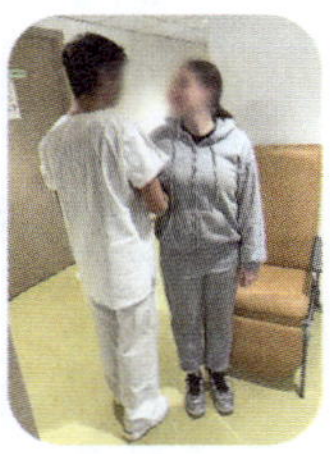

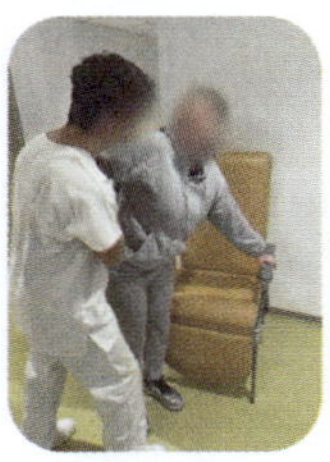

Aider la personne à s'asseoir sur le fauteuil
– Amener la personne à la perpendiculaire du fauteuil.
– Lui demander de s'appuyer sur l'accoudoir le plus éloigné (ou le bord de l'assise de la chaise).
– Aider la personne à pivoter pour venir sur l'assise du fauteuil.
– Lui demander de reculer les fesses vers le fond du fauteuil.

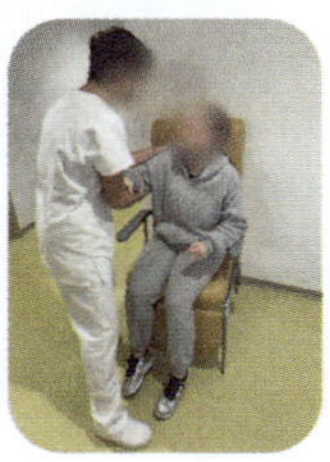

Dossier 16 Les techniques d'habillage et de déshabillage, les matériels et les aides techniques

Compétences

C2.1 Promouvoir l'autonomie dans les actes essentiels de la vie quotidienne.
C2.1.4 Solliciter et aider la personne pour : son bien-être socio-esthétique, se vêtir et se dévêtir et la prise des repas.

Je découvre

Mei aide-soignante et **Coralie** une jeune titulaire du CAP accompagnant au grand âge entrent dans la chambre de madame Lure. Elles savent que madame Lure est **hémiplégique** du côté droit à la suite d'un accident vasculaire cérébral (AVC). Ce matin, elles lui proposent de prendre le petit-déjeuner à table. Madame Lure accepte, mais semble avoir un peu froid. Coralie décide de lui proposer de l'aide pour enfiler une chemise.

Hémiplégie

Paralysie du côté droit ou gauche du corps en raison d'une atteinte du système nerveux central, c'est-à-dire du cerveau et de la moelle épinière.

De quel côté est-il plus judicieux de commencer l'habillage ?

Existe-t-il des accessoires pour faciliter l'aide à l'habillage ?

Il existe une variété d'aides techniques mais il faut tout d'abord évaluer les capacités physiques et les limites des personnes afin de proposer des aides adaptées. Certaines personnes peuvent éprouver des difficultés à lever le bras à la suite d'une chute et d'autres à effectuer des mouvements fins comme boutonner une chemise en raison de douleurs d'arthrose. Pour maintenir l'autonomie de la personne, il est conseillé de la stimuler, de ne pas faire les gestes à sa place et de lui proposer des aides techniques appropriées à sa situation.

- **Préciser pourquoi il est essentiel de stimuler la personne et de ne pas agir à sa place.**

....

- **Énoncer l'intérêt d'évaluer les difficultés avant de proposer une aide.**

....

Activités

ACTIVITÉ 1

L'aide à l'habillage et au déshabillage

1 DOC 1 **Mei conseille à Coralie de commencer l'habillage de madame Lure par le côté droit. Justifier ce conseil.**

....

....

2 DOC 1 **Surligner les exemples de vêtements facilitant l'habillage et leurs caractéristiques.**

Texte lu foucherconnect.fr/24pap073

DOC 1 Accompagner dans les gestes

Il est essentiel de maintenir l'autonomie de la personne en prenant le temps de l'accompagner dans les gestes de la vie quotidienne, de la laisser réaliser seule, tant que cela est possible, son habillage et déshabillage, à son rythme, même si cela prend du temps.
Quand la personne âgée ne peut plus effectuer seule de tels gestes, il faut envisager une aide à l'habillage et au déshabillage en prenant en compte ses habitudes et ses capacités afin d'adapter l'aide à ses besoins. Chez une personne hémiplégique, l'habillage débute par le côté paralysé et se termine par la partie mobile afin de faciliter les mouvements et de minimiser les douleurs. Le déshabillage se fait inversement.
Des vêtements aisés et faciles à enfiler (velcro, boutons aimantés, pantalon avec taille élastique, soutien-gorge s'attachant devant…) sont très utiles et permettent ainsi de maintenir l'autonomie.

ACTIVITÉ 2

Les aides techniques

3 DOC 2 **Souligner la définition d'une aide technique.**

DOC 2 Pourquoi des aides techniques ?

Dans certaines situations, afin de permettre à la personne de continuer « à faire seule », il peut lui être proposé des aides techniques. Ces aides techniques sont des objets facilitant les gestes et laissant une autonomie à la personne âgée.

4 **Relier les aides techniques à leurs intérets.**

 • • Cette aide technique permet d'enfiler plus facilement les chaussures.

 • • Cette aide technique permet de fermer des bracelets.

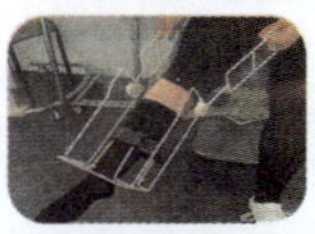 • • Cette aide facilite la fermeture des vêtements.

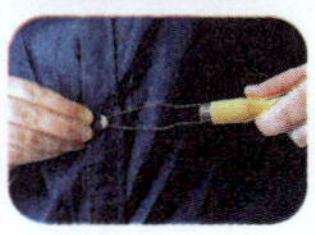 • • Cette aide technique permet d'enfiler aisément les bas.

ACTIVITÉ 3 La pudeur lors des soins

5 DOC 3 **Souligner la définition de la pudeur.**

6 DOC 3 **Surligner les moyens pour respecter la pudeur.**

DOC 3 La pudeur et les soins

La pudeur est un sentiment de gêne que ressent une personne à se montrer nue. Ce sentiment peut varier d'une personne à l'autre, en fonction de sa culture, de sa religion et de ses expériences personnelles. Elle peut être source de malaise voire de honte pour le patient lorsqu'il est confronté aux soignants.
L'accompagnant doit se mettre à la place du résident et adapter ses gestes et ses paroles afin de ne pas heurter sa sensibilité.
Pour respecter la pudeur, il existe différentes mesures : frapper à la porte avant d'entrer dans une chambre, allumer le bouton de présence lorsqu'un soin est donné, fermer les fenêtres et les volets si nécessaire et utiliser un drap de pudeur lors de l'aide à l'habillage, si possible ne pas dénuder en totalité la personne.

Texte lu foucherconnect.fr/24pap074

ACTIVITÉ 4 Les bas de contention

7 DOC 4 **Indiquer pour chaque affirmation si elle est vraie ou fausse.**

a. Les bas de contention compriment les veines des jambes pour maintenir un flux sanguin régulier.

❑ Vrai ❑ Faux

b. Les bas de contention doivent être mis après le lever.

❑ Vrai ❑ Faux

c. Des enfile-bas peuvent être utilisés pour la pose.

❑ Vrai ❑ Faux

Texte lu foucherconnect.fr/24pap075

DOC 4 L'utilité et la pose des bas de contention

L'intérêt des bas de contention est de comprimer les veines des jambes. Cela aide à maintenir un flux sanguin régulier et à éviter la stagnation du sang dans les jambes. Ils sont recommandés pour prévenir ou traiter les varices, les jambes lourdes et les œdèmes.
La pose des bas de contention est une étape importante et parfois difficile. Elle doit être effectuée avant le lever de la personne et donc être faite au lit. Les enfile-bas facilitent la pose si le résident doit la réaliser seul.

Je retiens

Synthèse rédigée et audio
foucherconnect.fr/24pap076

Les techniques d'habillage et de déshabillage, les matériels et les aides techniques

Aide à l'habillage et au déshabillage quand la personne ne peut plus faire seule

- Respecter le choix du résident autant que possible.
- Utiliser des vêtements confortables et adaptés.
- Proposer des aides techniques pour favoriser l'autonomie : enfile bas, attache gilet, chausse pieds.

Les bas de contention

- Ils doivent être enfilés avant le lever de la personne.
- Des techniques permettent d'enfiler ces bas avec facilité.

Je me teste

Exercice interactif
foucherconnect.fr/24pap077

Pour chaque situation, proposer le matériel adapté pour faciliter l'habillage.

Monsieur Vannier n'arrive pas à enfiler ses chaussures, il a beaucoup de douleurs au dos. →	....
Madame Pomme est coquette mais n'arrive pas à mettre seule son bracelet. →	....
Madame Flora a de l'arthrose aux doigts et n'arrive pas à boutonner son chemisier. →	....

L'aide à l'habillage

FICHE TECHNIQUE 3

L'aide à l'habillage pour une personne hémiplégique

ÉTAPES	TECHNIQUES	POURQUOI ?
ÉTAPE 1 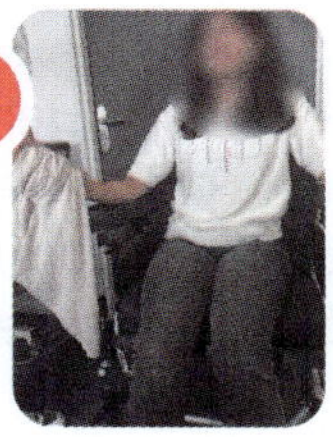	**Enfiler la première manche** – Commencer par la main paralysée du résident pour mettre la première manche du gilet.	– Toujours commencer par la main paralysée pour éviter toute torsion et douleur au niveau du bras du résident.
ÉTAPE 2 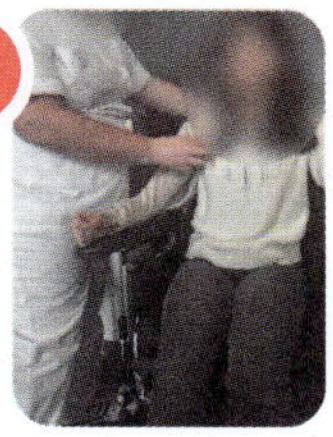	**Mettre la première manche du gilet** – Remonter la manche du gilet jusqu'à l'épaule	– Pour faciliter la mise en place du gilet.
ÉTAPE 3 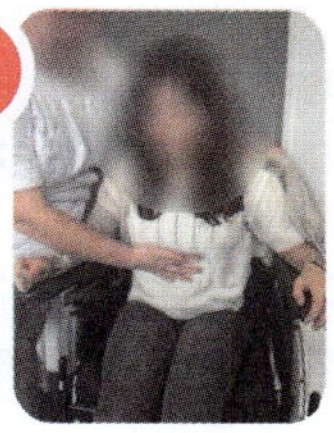	**Passer le gilet dans le dos de la personne** – Demander au résident se pencher en avant, pour passer le gilet derrière son dos	– Cela permet de bien placer le gilet, et de le passer de l'autre côté et éviter les plis dans le dos, afin de limiter le risque d'escarre.
ÉTAPE 4 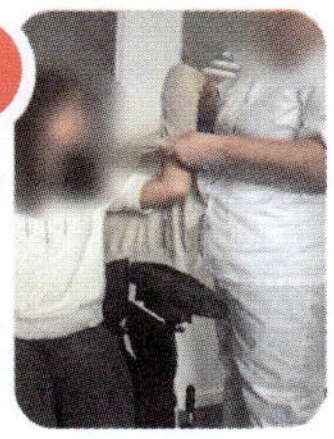	**Enfiler la seconde manche du gilet** – Terminer par le bras valide, en faisant participer le résident.	– Cela permet au résident de garder son autonomie le plus longtemps possible.

FICHE TECHNIQUE 3

L'aide à l'habillage

L'aide à l'habillage d'un pantalon d'une personne alitée

ÉTAPES	TECHNIQUES	POURQUOI ?
ÉTAPE 1 	– Privilégier dans la mesure du possible les pantalons à élastique. – Mettre les deux pieds dans les jambes du pantalon.	– Pour éviter que cela n'engendre une douleur pour le patient : les pieds ne restent pas bloqués et cela facilite l'étape suivante.
ÉTAPE 2 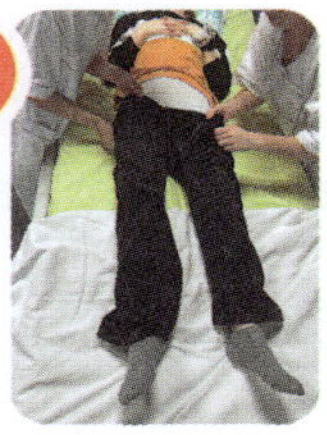	– Remonter de chaque côté le pantalon jusqu'au bassin du patient.	– Pour faciliter la mise en place complète du pantalon.
ÉTAPE 3 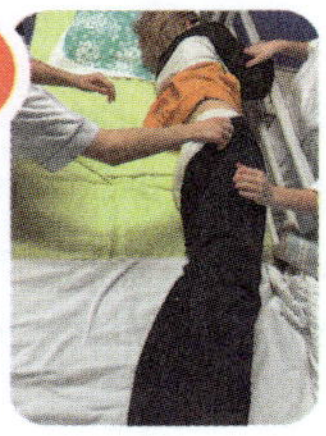	**Positionner le haut du pantalon** – Mettre la barrière. – Mettre la personne sur le côté et positionner correctement le haut du pantalon pour enlever les plis. – Répéter le geste de l'autre côté.	– Pour assurer la sécurité du patient, et éviter tout risque de chute. Pour assurer le bien-être du patient et éviter les escarres.
ÉTAPE 4 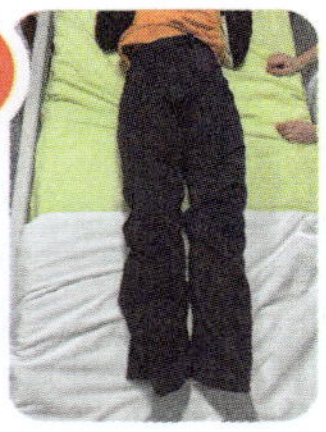	**Fermer le pantalon (si le pantalon à des boutons ou une fermeture éclair)** – Fermer les boutons et/ou la fermeture éclair du pantalon. – Réinstaller le résident.	– Pour son bien-être et garder sa pudeur.

L'aide à la pose de bas de contention

FICHE TECHNIQUE 4

La mise de bas de contention par le patient seul

Matériels

- ☑ Enfile bas
- ☑ Bas de contention

ÉTAPES		TECHNIQUES	POURQUOI ?
ÉTAPE 1		**Mettre le bas sur l'enfile bas** – Placer le bas sur le tunnel jusqu'à ce que le talon soit au niveau de la barre supérieure.	– Pour faciliter l'enfilage du bas de contention.
ÉTAPE 2	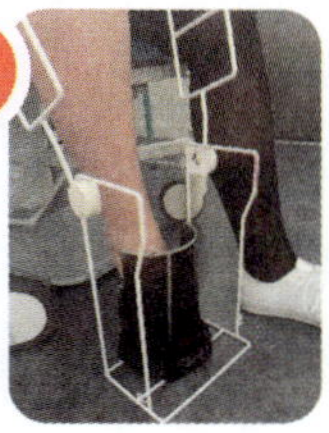	**Enfiler le bas de contention** – Placer l'enfile bas sur le sol, position assise en maintenant les poignées. – Mettre la pointe du pied à l'intérieur du bas jusqu'à ce que les orteils atteignent l'extrémité du bas.	– Éviter les chutes. – Pour glisser facilement jusqu'à l'extrémité.
ÉTAPE 3	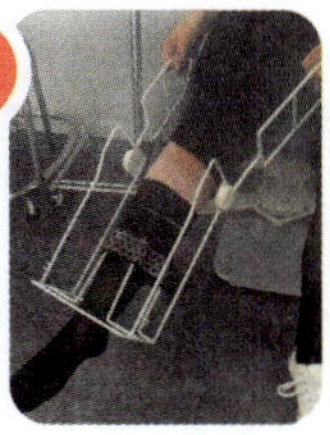	**Remonter l'enfile bas** – Tirer sur l'enfile bas et sur le bas.	– Pour remonter le bas le long de la jambe.
ÉTAPE 4		**Terminer l'enfilage du bas** – Reposer l'enfile bas sur le sol.	– Pour le séparer du bas.

FICHE TECHNIQUE 4

L'aide à la pose de bas de contention

Pose de bas de contention par le soignant

Matériels

- ☑ Solution hydroalcoolique
- ☑ Bas de contention

ÉTAPES	TECHNIQUES	POURQUOI ?
ÉTAPE 1  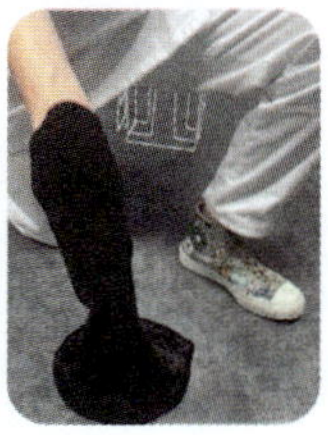	**Préparer le bas de contention** – Retourner le bas jusqu'au talon (l'ensemble du bas est à l'envers, le pied et le talon restent à l'endroit).	– Pour faciliter l'enfilage.
ÉTAPE 2 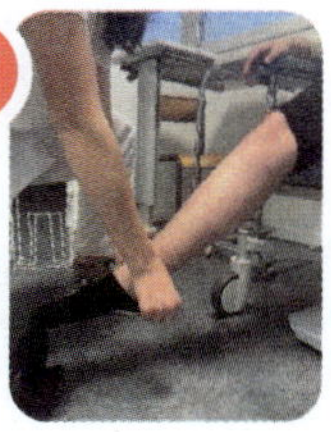	**Enfiler le bas de contention** – Insérer le pied de la personne à l'intérieur du bas. Les orteils doivent atteindre l'extrémité du bas et le talon doit mis.	– Pour pouvoir ensuite remonter le bas sans plis.
ÉTAPE 3 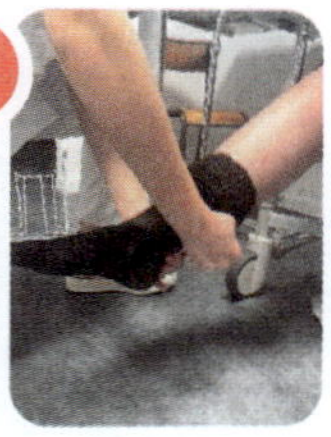	**Remonter le bas** – Remonter le bas sur toute sa longueur.	– Veiller à ce qu'il n'y ait pas de plis.
ÉTAPE 4 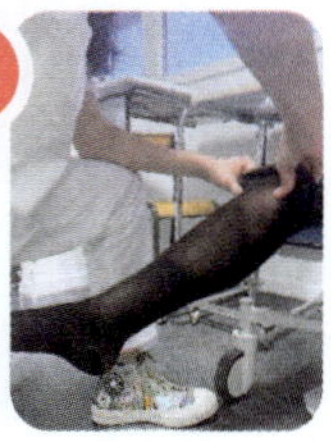	**Vérifier la pose** – Regarder si le bas est bien positionné, sans pli.	

17 Dossier

Les pathologies de l'appareil digestif et le diabète

Compétences
C2.1 Promouvoir l'autonomie dans les actes essentiels de la vie quotidienne.
C2.1.6 Surveiller l'état de la personne et intervenir en conséquence.

Je découvre

Téo travaille dans un EHPAD en tant qu'agent d'accompagnement. Les résidents souffrent régulièrement de troubles digestifs, certains sont diabétiques. Il doit donc être vigilant lors de son activité professionnelle.

L'appareil digestif peut être le siège de nombreuses pathologies. Certaines pathologies sont relativement fréquentes : vomissements, diarrhées, constipation… La plupart de ces pathologies sont bénignes, toutefois certaines, chez les personnes âgées fragilisées, peuvent entraîner des conséquences graves : déshydratation rapide, perforation rectale ou occlusion intestinale[1] en cas de fécalome[2] lié à la constipation.

1. Arrêt du transit intestinal.
2. Accumulation de selles très dures et déshydratées qui forment un « bouchon » dans le rectum.

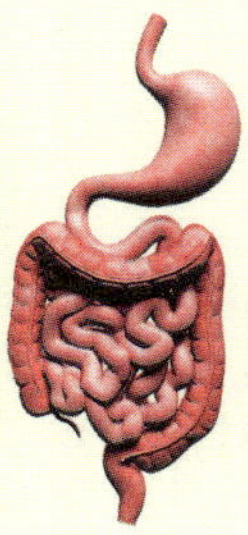

- **Énoncer les pathologies fréquentes de l'appareil digestif en rédigeant une phrase.**

....

- **Citer les conséquences possibles de ces pathologies chez les personnes âgées.**

....

....

Activités

ACTIVITÉ 1 Les vomissements, la constipation, la diarrhée

1 Relier chaque pathologie à sa définition.

La constipation	•	•	Expulsion brutale du contenu de l'estomac par la bouche.
Les vomissements	•	•	Émission d'au moins trois selles abondantes, liquides ou molles par jour.
La diarrhée	•	•	Émission de moins de trois selles dures et déshydratées par semaine.

2 DOCS 1, 2 et 3 Cocher les causes possibles de chaque pathologie.

Pathologie / Causes possibles	Vomissements	Diarrhée	Constipation
Consommation de certains médicaments			
Alimentation pauvre en fibres			
Infections par virus, bactéries, parasites			
Stress			
Intoxication alimentaire, excès alimentaires			
Manque d'activité physique			
Intolérances alimentaires			
Alitement prolongé			
Changement d'alimentation			
Apports hydriques insuffisants			

3 DOCS 1, 2 et 3 Pour chaque situation, cocher l'action qui pourrait être demandée à Téo lors de ses activités.

Situation	Exemples d'action			
	Veiller à ce que la personne boive suffisamment	Ne pas donner de fruits frais et crus	Servir des repas légers	Servir des plats riches en fibres
Madame Morand, 86 ans, souffre de diarrhées importantes depuis plusieurs jours.				
Monsieur Duché, 92 ans, est constipé depuis plusieurs semaines.				
Madame Jeanson, 78 ans, a vomi à plusieurs reprises ces derniers jours.				

Texte lu foucherconnect.fr/24pap078

DOC 1 Les vomissements

Les vomissements ont des causes variées :
- infection causée par des bactéries ;
- infection causée des virus ou des parasites ;
- excès alimentaires ;
- prise de certains médicaments…

Les vomissements peuvent entraîner une déshydratation rapide qui est dangereuse chez les personnes âgées déjà fragiles.
Des mesures simples peuvent être mises en place :
- veiller à une bonne hydratation ;
- donner des repas légers.

Si ces mesures ne sont pas suffisantes, des médicaments peuvent être prescrits.

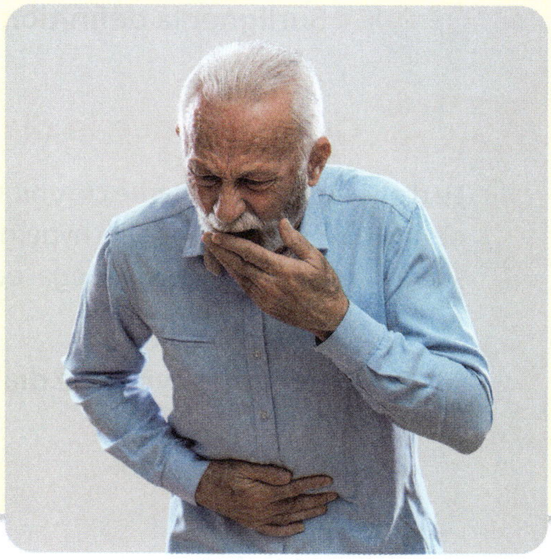

Texte lu foucherconnect.fr/24pap079

DOC 2 La constipation

La personne atteinte de constipation éprouve des difficultés à évacuer des selles dures et déshydratées. La constipation est favorisée par :
- le manque d'activité physique ;
- l'alitement prolongé ;
- une alimentation pauvre en fibres ;
- des apports hydriques insuffisants ;
- la prise de certains médicaments.

Des actions simples peuvent être proposées pour lutter contre la constipation :
- consommation d'aliments riches en fibres (fruits crus par exemple) ;
- boire régulièrement et suffisamment ;
- aller aux toilettes à heures régulières.

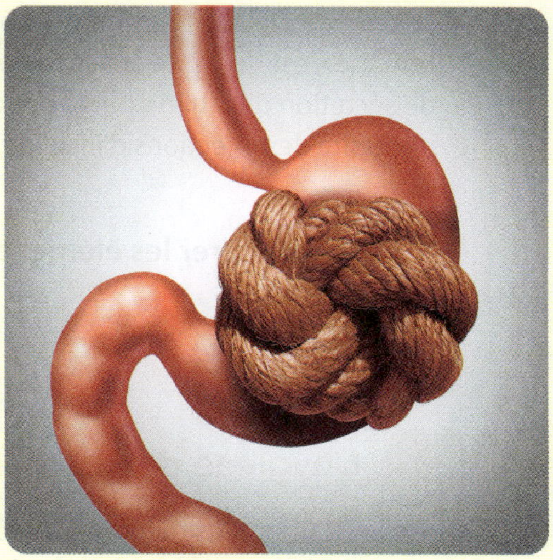

Vidéo foucherconnect.fr/24pap081

Texte lu foucherconnect.fr/24pap080

DOC 3 Les diarrhées

Les diarrhées peuvent être dues à :
- des infections par des virus, bactéries ou parasites ;
- un changement d'alimentation ;
- la prise de certains médicaments ;
- le stress ;
- des intolérances alimentaires.

Des diarrhées importantes ont pour conséquence une perte en eau et peuvent conduire rapidement à une déshydratation.
La prévention de certaines diarrhées passe par des mesures simples :
- lavage fréquent des mains ;
- respect strict de certaines règles lors de la préparation et de la distribution des repas ;
- désinfection plus fréquente des sanitaires ;
- supprimer les aliments qui accélèrent le transit (fruits frais crus), privilégier les aliments comme le riz.

Il faut compenser les pertes en eau en veillant à une bonne hydratation. Parfois, des médicaments sont nécessaires pour traiter les diarrhées.

ACTIVITÉ 2

Une pathologie métabolique : le diabète

4 DOC 4 **Surligner la définition du diabète.**

DOC 4 Qu'est-ce que le diabète ?

Le diabète est une **maladie chronique** caractérisée par la présence d'un excès de sucre dans le sang appelé hyperglycémie : le taux de glycémie (taux de sucre dans le sang) à jeun est égal ou supérieur à 1,26 g/l.

Maladie chronique
Maladie évolutive dont les effets persistent sur une longue durée avec des retentissements sur la vie quotidienne.

5 DOC 5 **Relier les types de diabète à leurs caractéristiques.**

Diabète de type 1 •
Diabète de type 2 •

- • L'insuline est sécrétée mais mal utilisée.
- • Il y a absence ou insuffisance de sécrétion de l'insuline.
- • Nécessite des injections d'insuline.
- • Peut être traité par des médicaments pris par voie orale.

DOC 5 Les différents diabètes

Il existe deux principaux types de diabète :
- Le diabète dit « de type 1 », qui apparaît dès l'enfance, est dû à une absence ou une insuffisance de sécrétion d'**insuline** par le pancréas. Ce diabète nécessite des injections d'insuline.
- Le diabète dit « de type 2 », qui apparaît plutôt après 40 ans, est dû à une mauvaise utilisation de l'insuline par les cellules de l'organisme.

Insuline
Substance fabriquée par le pancréas qui permet d'abaisser le taux de sucre dans le sang.

6 DOC 6 **Énumérer les éléments de l'hygiène de vie à respecter pour une personne diabétique.**

....

....

DOC 6 L'hygiène de vie d'une personne diabétique

Outre les traitements médicamenteux, le diabète demande un contrôle régulier de la glycémie. Une bonne hygiène de vie doit aussi être mise en place : repas à horaires réguliers, alimentation équilibrée évitant les sucres rapides, activité physique régulière, mode de vie non sédentaire, lutte contre le surpoids.

7 DOC 7 **Compléter le tableau.**

Organes ou partie du corps affectés par les complications liées au diabète				
Les yeux 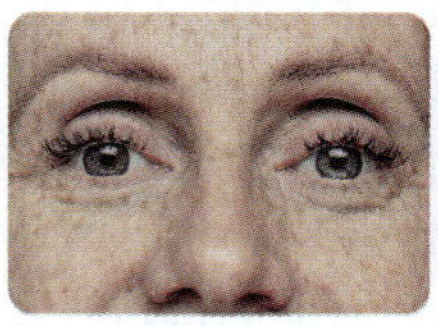	Les reins 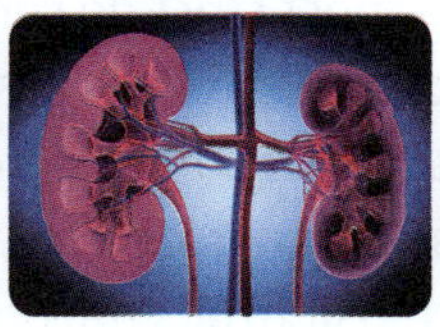	Le cœur et le cerveau 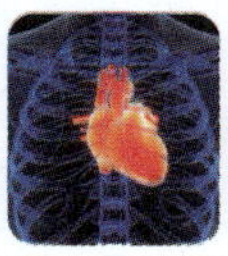 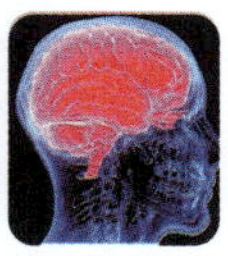	Les pieds 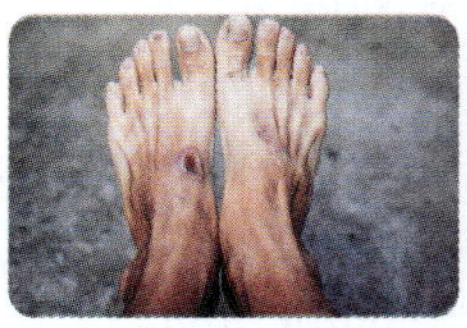	La peau 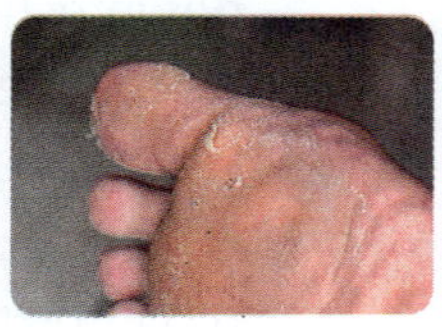
....	....	....	....	....

Texte lu foucherconnect.fr/24pap082

DOC 7 Les complications liées au diabète

Un taux de sucre élevé dans le sang se traduit à long terme par des complications pouvant affecter de nombreux organes ou parties du corps. La rétine peut être endommagée ce qui entraîne une baisse progressive de la vue. Les reins peuvent également être abîmés et ne plus éliminer correctement les déchets. Les personnes diabétiques sont à risques au niveau cardiovasculaire et cérébral car l'hyperglycémie prolongée fragilise les artères et favorise l'athérome, l'infarctus et l'accident vasculaire cérébral.

Les personnes diabétiques ont également plus de risques de complications au niveau des pieds : perte de la sensibilité (la douleur n'est plus ressentie, les petites blessures peuvent donc passer inaperçues et s'infecter), diminution de la circulation sanguine avec à terme des plaies comme des ulcères et une cicatrisation difficile. Le personnel soignant doit donc être attentif et bien observer la peau.
Ces personnes sont également plus sensibles aux infections, notamment aux infections de la peau (par exemple, les mycoses).

8 DOC 8 **Donner la définition de l'hypoglycémie.**

....

9 DOC 8 **Relever les signes qui peuvent traduire une hypoglycémie.**

....

10 DOC 8 **Surligner les conséquences possibles d'une hypoglycémie**

DOC 8 Les signes de l'hypoglycémie

L'hypoglycémie est un taux de sucre dans le sang trop bas, inférieur à 0,7 g/L. Les symptômes d'une hypoglycémie sont des sueurs, un teint pâle, des tremblements, une vision floue, des vertiges, une sensation de faim anormale, des nausées légères…

L'hypoglycémie est une urgence qu'il faut traiter rapidement : elle peut conduire à une perte de connaissance, des chutes, voire un coma.
Les personnels doivent être formés pour réagir immédiatement selon leur compétence : donner un traitement et/ou alerter son supérieur hiérarchique, un chef de service ou un infirmier.

11 DOCS 8 et 9 **Préciser l'attitude que Téo doit avoir dans chaque situation. Justifier votre réponse.**

Situation 1

....
....
....
....
....

Situation 2

....
....
....
....
....

DOC 9 Des situations vécues par Téo

Situation 1
Téo entre dans la chambre de monsieur Schmitt, 82 ans, diabétique. Il le trouve assis dans son lit, pâle, en sueurs, tremblant. Monsieur Schmitt lui dit « je vois trouble ».

Situation 2
Téo aide régulièrement madame Thomas à mettre ses bas ou ses chaussettes. Madame Thomas est diabétique depuis de nombreuses années, elle a souvent des mycoses et des petites plaies aux pieds. Il remarque ce jour des rougeurs et la peau qui pèle entre les orteils.

Je retiens

Synthèse rédigée et audio
foucherconnect.fr/24pap083

Les pathologies de l'appareil digestif et le diabète

Les pathologies de l'appareil digestif

Les vomissements
Expulsion brutale du contenu de l'estomac par la bouche.

- ✓ Veiller à une bonne hydratation.
- ✓ Repas légers.

Les diarrhées
Émission trop fréquente (au moins trois par jour) de selles abondantes, liquides ou molles.

- ✓ Supprimer les aliments qui accélèrent le transit (fruits crus) et privilégier les aliments comme le riz.
- ✓ Veiller à une bonne hydratation.

La constipation
Trouble du transit intestinal qui se traduit par moins de 3 selles par semaine.

- ✓ Veiller à une bonne hydratation et une alimentation riche en fibres.
- ✓ Éviter l'immobilité.

Le diabète

Maladie chronique caractérisée par un excès de sucre dans le sang.

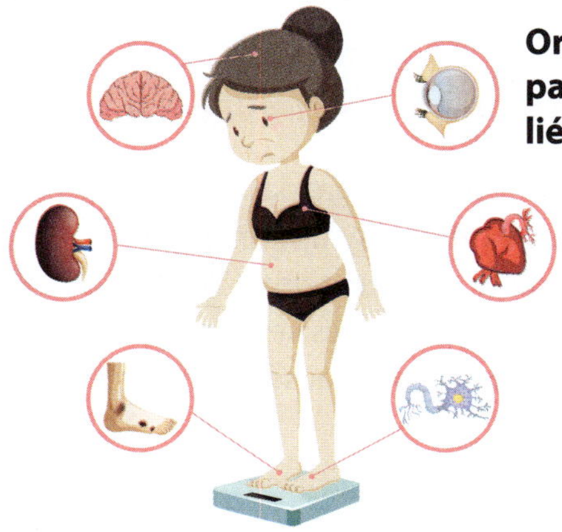

Organes concernés par les complications liées au diabète

Toutes ces pathologies doivent faire l'objet d'une attention particulière par tous les professionnels afin de réagir rapidement.

Je me teste

Exercice interactif
foucherconnect.fr/24pap084

Cocher les bonnes réponses.

- ☐ Il faut éviter de donner trop à boire de l'eau en cas de diarrhées.
- ☐ Lors de vomissements, diarrhées et constipation, il faut veiller à une bonne hydratation.
- ☐ Lors de constipation il faut privilégier les aliments riches en fibres.
- ☐ Les personnes diabétiques doivent suivre un régime très strict.
- ☐ Le personnel doit être attentif à l'état de la peau, surtout au niveau des pieds chez les personnes diabétiques.
- ☐ L'immobilité favorise la constipation.
- ☐ Les personnes diabétiques sont très sensibles aux infections.

Dossier **18**

Les pathologies de l'appareil urinaire et de l'appareil cardiovasculaire

Compétences
C2.1 Promouvoir l'autonomie dans les actes essentiels de la vie quotidienne.
C2.1.6 Surveiller l'état de la personne et intervenir en conséquence.

Je découvre

Yvette demande à **Dominique**, agent d'accompagnement dans un EHPAD, de l'accompagner à se déplacer jusqu'aux toilettes. Elle lui explique qu'elle porte une protection car elle souffre d'incontinence urinaire mais que, malgré tout, elle a besoin d'aller uriner. En chemin, elle explique qu'il faut qu'elle marche le plus possible pour éviter d'avoir une phlébite ; d'ailleurs elle porte des bas de contention en prévention.

- **L'appareil urinaire**
L'appareil urinaire a pour principale fonction d'éliminer les déchets et les substances indésirables du corps en produisant de l'urine. Il régule également la pression artérielle en contrôlant la quantité de sel et d'eau dans le corps, et il aide à maintenir l'équilibre chimique et hydrique nécessaire au bon fonctionnement de l'organisme.

- **L'appareil cardiovasculaire**
L'appareil cardiovasculaire a pour principale fonction de pomper le sang à travers le corps pour fournir du dioxygène et des nutriments aux cellules tout en éliminant les déchets métaboliques. Il est essentiel pour la distribution du dioxygène et la régulation de la pression artérielle, contribuant ainsi au bon fonctionnement de tous les organes.

- **Justifier l'importance de l'appareil urinaire pour l'organisme.**

....

....

- **Indiquer la principale fonction de l'appareil cardiovasculaire.**

....

....

Activités

ACTIVITÉ 1 L'incontinence urinaire et l'insuffisance rénale

1 DOC 1 **Expliquer à Dominique ce qu'est l'incontinence urinaire**

....

....

....

....

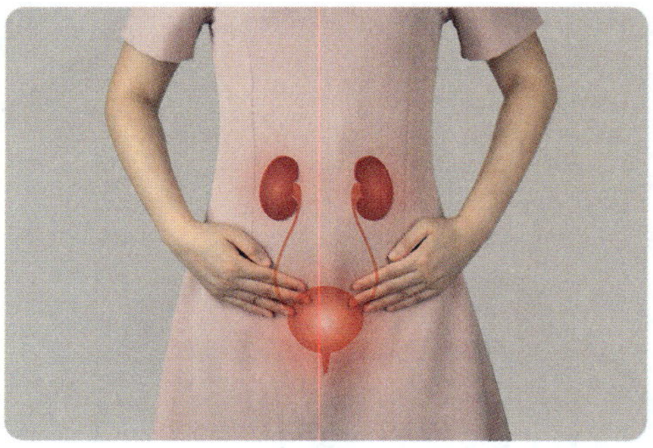

2 DOC 1 **Indiquer si chaque affirmation est vraie ou fausse. Corriger les affirmations fausses.**

	Vrai	Faux	Correction
L'incontinence urinaire est toujours causée par des problèmes liés à l'âge.			....
L'incontinence urinaire d'effort se produit en raison d'un besoin urgent d'uriner.			....
L'incontinence urinaire peut être causée par des problèmes liés à la vessie.			....

3 DOC 1 **Relier chaque type d'insuffisance rénale à sa définition.**

Maladie des reins qui survient soudainement. •	• Insuffisance rénale aiguë
Maladie des reins qui progresse lentement. •	• Insuffisance rénale chronique

DOC 1 Des pathologies de l'appareil urinaire

L'incontinence urinaire	L'insuffisance rénale
C'est un trouble qui se caractérise par la perte involontaire d'urine. La personne ne peut pas contrôler quand et où elle va uriner. Les principales causes de l'incontinence urinaire sont la faiblesse des muscles pelviens, les troubles de la vessie, les problèmes nerveux, ou les facteurs liés à l'âge. Il existe différents types d'incontinences. Par exemple, l'incontinence d'effort (perte d'urine lors d'activités physiques) et l'incontinence par impériosité (besoin urgent d'uriner).	C'est une maladie des reins. Lorsque les reins ne fonctionnent pas correctement, cela peut conduire à l'accumulation de toxines (poisons) dans le sang et à des déséquilibres chimiques. L'insuffisance rénale peut être aiguë (si elle survient soudainement) ou chronique (si elle progresse lentement sur une longue période). Les causes de l'insuffisance rénale sont diverses, allant des infections rénales aux maladies chroniques comme le diabète et l'hypertension artérielle.

ACTIVITÉ 2

Les varices et les phlébites

4 DOC 2 **Citer les principaux symptômes ressentis par les personnes souffrant de varices.**

....

....

5 DOC 2 **Citer la complication potentiellement grave d'une phlébite lorsqu'un caillot sanguin se détache.**

....

Texte lu foucherconnect.fr/24pap085

DOC 2 Des veines qui ne fonctionnent pas bien

Les varices sont des veines dilatées et sinueuses qui apparaissent généralement sur les jambes. Elles se forment lorsque les valvules (petits clapets) à l'intérieur des veines ne fonctionnent pas correctement, ce qui empêche le sang de remonter efficacement vers le cœur. En conséquence, le sang peut s'accumuler dans ces veines, les faisant gonfler et devenir visibles à travers la peau (voir photo). Les varices peuvent provoquer des douleurs, des sensations de lourdeur dans les jambes, des démangeaisons et des crampes.

Les phlébites, quant à elles, sont des inflammations des veines, souvent situées dans les jambes. Elles peuvent être causées par des caillots sanguins qui obstruent partiellement ou complètement une veine. Les symptômes courants de la phlébite comprennent une douleur intense, une rougeur, et un gonflement autour de la veine affectée. Les phlébites peuvent être dangereuses si un caillot se détache et voyage vers les poumons, provoquant une **embolie pulmonaire**.

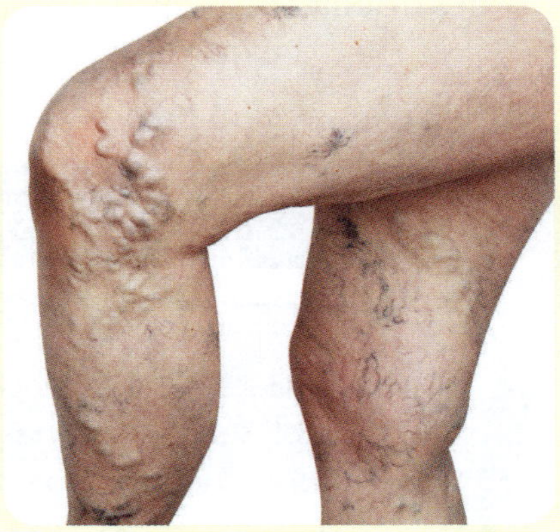

Embolie pulmonaire
Blocage soudain d'une artère dans les poumons par un caillot sanguin provenant d'une autre partie du corps.

6 **Associer les moyens de prévention des phlébites à leur explication.**

Maintenir une activité physique régulière. •	• Les bas de contention exercent une pression sur les jambes, ce qui améliore la circulation sanguine.
Surélever les jambes. •	• L'exercice favorise la circulation sanguine et renforce les muscles des jambes, ce qui réduit le risque de varices.
Porter des bas de contention. •	• Une alimentation riche en fibres et en antioxydants contribue à la santé vasculaire.
Maintenir un poids correct. •	• Bouger et étirer les jambes pour favoriser la circulation du sang.
Avoir une alimentation équilibrée. •	• Surélever les jambes lors d'une position assise ou allongée aide à réduire la pression sur les veines.
Éviter de rester debout ou assis pendant de longues périodes. •	• L'excès de poids exerce une pression supplémentaire sur les veines des jambes, augmentant le risque de varices.
Éviter de fumer. •	• Le tabagisme nuit à la circulation sanguine en bouchant les veines.

Je retiens

Synthèse rédigée et audio
foucherconnect.fr/24pap086

Les pathologies de l'appareil urinaire et de l'appareil cardiovasculaire

L'incontinence urinaire

Trouble caractérisé par la perte involontaire d'urine.

Facteurs : une faiblesse des muscles pelviens, des troubles de la vessie, des problèmes nerveux, ou des facteurs liés à l'âge.

L'insuffisance rénale

Maladie des reins qui se caractérise par un dysfonctionnement de leur rôle de filtration et d'épuration du sang.

Les varices

Veines dilatées et sinueuses, généralement visibles sur les jambes, causées par un dysfonctionnement des valvules dans les veines, ce qui empêche le sang de remonter efficacement vers le coeur.

Symptômes : des douleurs, des sensations de lourdeur dans les jambes, des démangeaisons et des crampes.

Les phlébites

Inflammations des veines, souvent causées par des caillots sanguins qui les obstruent partiellement ou complètement.

Symptômes : une douleur intense, une rougeur et un gonflement autour de la veine affectée. Les phlébites peuvent être dangereuses si un caillot se détache et provoque une embolie pulmonaire.

Je me teste

Exercice interactif
foucherconnect.fr/24pap087

Cocher la bonne réponse pour chaque proposition.

a. L'incontinence urinaire est :
- ☐ l'incapacité à contrôler la transpiration.
- ☐ la perte involontaire d'urine.
- ☐ la perte involontaire de matières fécales.

b. L'insuffisance rénale est :
- ☐ une maladie des reins.
- ☐ un trouble de la vessie.
- ☐ une grande quantité d'urines.

c. Les principales conséquences des varices sur les jambes sont :
- ☐ une éruption cutanée avec saignements.
- ☐ des douleurs, lourdeurs, démangeaisons et crampes.
- ☐ des frissons, de la fièvre et une toux.

d. Une phlébite est :
- ☐ une inflammation des artères.
- ☐ une inflammation des veines.
- ☐ une inflammation des muscles.

19 Dossier

Les pathologies du système nerveux, la douleur

Compétences
C2.1 Promouvoir l'autonomie dans les actes essentiels de la vie quotidienne.
C2.1.6 Surveiller l'état de la personne et intervenir en conséquence.

Je découvre

Damian, agent accompagnant dans l'unité de vie protégée d'un EHPAD, suit une formation sur l'accompagnement des personnes âgées atteintes de troubles neurocognitifs. Damian interroge la formatrice sur le cas d'un des résidents qu'il accompagne : monsieur Delpiro, atteint de la maladie d'Alzheimer. Depuis la veille, il refuse de faire sa toilette. Damian pense que son bras le fait souffrir mais monsieur Delpiro ne lui en a rien dit.

La douleur et les troubles neurocognitifs
Les troubles neurocognitifs liés au vieillissement affectent les fonctions cognitives de la personne atteinte, c'est-à-dire la capacité de penser, de raisonner et de se souvenir.
Les troubles neurocognitifs, tels que la maladie d'Alzheimer et la maladie de Parkinson, peuvent également aggraver la douleur.
Plusieurs facteurs participent à cette aggravation.

- Les modifications cérébrales dues aux troubles neurocognitifs peuvent rendre la personne plus sensible à la douleur.
- Les troubles neurocognitifs engendrent des difficultés de communication qui limitent les moyens d'exprimer la douleur par la personne atteinte.
- Les personnes atteintes de troubles neurocognitifs peuvent avoir plus de réticences à prendre des médicaments contre la douleur.

Dans tous ces cas, il convient d'observer attentivement les signes non verbaux pouvant exprimer la douleur : mimiques du visage, attitudes (les positions dites antalgiques) et comportements (repli sur soi, tristesse ou agressivité, perte d'appétit, etc.).

- **Citer deux maladies considérées comme des troubles neurocognitifs.**

....

- **Parmi les trois facteurs évoqués dans le document, préciser celui qui explique le refus de monsieur Delpiro de faire sa toilette.**

....

Activités

Activité 1 Les troubles neurocognitifs

1 DOC 1 Souligner la définition d'un trouble neurocognitif.

2 DOC 1 Pour chacune des situations, indiquer si les troubles neurocognitifs sont légers ou majeurs.

1	2
Monsieur Delpiro ne sait plus faire sa toilette tout seul. Quand Damian lui demande de prendre sa brosse à dents, il lui tend son peigne.	Madame Lucia a tendance à perdre ses lunettes, elle ne se rappelle plus où elle les dépose. Elle est parfois triste quand elle se rend compte des nouvelles difficultés qu'elle rencontre. Heureusement, elle sait encore s'occuper d'elle.
....	....

DOC 1 Les maladies neurodégénératives et les troubles cognitifs

Les maladies neurodégénératives affectent le cerveau et le système nerveux. Elles entraînent la mort des cellules nerveuses ou neurones.
Elles peuvent se caractériser par des troubles neurocognitifs, c'est-à-dire une atteinte plus ou moins importante des fonctions cognitives (mémoire, langage, raisonnement ou jugement).
Ces maladies se développent en deux grands stades :
- les troubles neurocognitifs légers, avec une atteinte des fonctions cognitives, sans perte d'autonomie ;
- les troubles neurocognitifs majeurs avec une atteinte des fonctions cognitives. La personne atteinte ne peut plus effectuer seule les activités de la vie quotidienne.

Les maladies neurodégénératives les plus fréquentes sont la maladie d'Alzheimer et la maladie de Parkinson mais il en existe d'autres (la démence à corps de Lewy, la démence frontotemporale…).

Texte lu foucherconnect.fr/24pap088

Activité 2 La maladie d'Alzheimer

3 DOC 2 Repérer dans les situations proposées les signes de la maladie d'Alzheimer présents chez monsieur Delpiro et reporter, en face de chaque situation, le numéro du signe correspondant.

Vidéo foucherconnect.fr/24pap089

Lors de la réunion de service, Damian présente les signes de la maladie d'Alzheimer qu'il a observés chez monsieur Delpiro.

Situation	Signe n°
Il ne sait plus faire sa toilette et s'habiller tout seul.	....
Il n'a aucune mémoire des événements récents et mélange passé et présent.	....
Selon lui, sa femme serait venue le voir hier, or elle est décédée depuis 5 ans.	....
Il ne sait plus s'orienter dans le service pour rejoindre la salle à manger.	....
Il est confus dans ses propos et ne retrouve plus les mots pour désigner les objets.	....
Son comportement a changé, d'enjoué et souriant, il est devenu agressif.	....
Cela fait déjà plusieurs mois qu'il ne reconnaît plus sa fille.	....

DOC 2 Les 10 signes de la maladie d'Alzheimer

1. Trouble de la mémoire.
2. Difficultés à réaliser des gestes et des actes de la vie courante.
3. Des troubles du langage.
4. Des troubles des fonctions exécutives.
5. Jugement amoindri.
6. Difficultés à reconnaître les objets ou les personnes.
7. Troubles de l'orientation dans le temps et l'espace.
8. Modifications comportementales.
9. Changements d'humeur et de personnalité.
10. Difficultés face aux notions abstraites.

ACTIVITÉ 3

La maladie de Parkinson

4 DOC 3 Indiquer le symptôme de la maladie de Parkinson correspondant à chaque définition.

• Au repos, affectant surtout les mains et les bras, intermittents.

....

• Une lenteur dans la mise en œuvre et la coordination des mouvements.

....

• Une rigidité excessive des muscles.

....

5 DOC 3 Souligner les autres symptômes de la maladie de Parkinson.

Texte lu
foucherconnect.fr/24pap090

DOC 3 La maladie de Parkinson

C'est une maladie dégénérative qui évolue progressivement et affecte principalement les régions du cerveau qui contrôlent le mouvement.
La maladie se caractérise par l'association des trois symptômes du syndrome parkinsonien : tremblement, akinésie et rigidité. Mais ces trois symptômes ne sont pas forcément tous présents en même temps.

- L'akinésie : lenteur dans la mise en œuvre et la coordination des mouvements. Elle interfère avec toutes les activités de la vie courante, y compris la marche.
- L'hypertonie : rigidité excessive des muscles. Elle peut toucher tous les muscles du corps, y compris ceux du rachis. Elle provoque notamment une posture penchée vers l'avant.
- Les tremblements, survenant au repos, ils affectent surtout les mains et les bras.

La maladie de Parkinson se manifeste également par des symptômes non moteurs : problèmes de sommeil, troubles neurocognitifs, troubles de l'équilibre, douleurs, troubles de l'élimination, dépression.

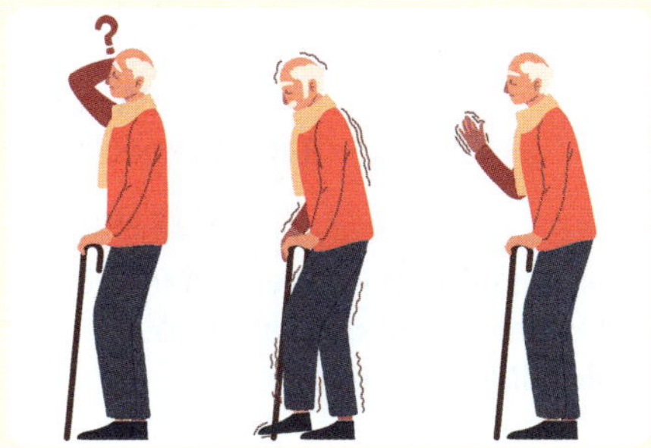

ACTIVITÉ 4

La douleur

6 DOC 4 **Surligner la définition de la douleur.**

7 DOC 4 **Compléter les tableaux, en indiquant les causes et les conséquences possibles de la douleur.**

Causes
....
....
....
Effets secondaires de médicaments.

Conséquences possibles
....
Absence d'activités sociales.
....

Texte lu
foucherconnect.fr/24pap091

DOC 4 La douleur chez la personne âgée

La douleur est une sensation désagréable ressentie dans le corps, en réponse à une stimulation pouvant être d'origine somatique*, psychologique ou émotionnelle. Elle provoque un sentiment de malaise ou de souffrance. Elle constitue un signal d'alarme pour le corps.
Ce symptôme est fréquent chez les personnes âgées, il est important de l'évaluer et de le prendre en charge. La douleur peut avoir un impact significatif sur la qualité de vie des personnes âgées pouvant aller jusqu'à une perte d'autonomie, une incapacité à participer à des activités sociales, voire des troubles cognitifs.
Les causes de la douleur chez la personne âgée sont nombreuses et variées. Les affections les plus courantes qui provoquent de la douleur chez les personnes âgées comprennent les maladies chroniques (arthrite, maladies cardiaques, diabète, ostéoporose…), les blessures (fractures, entorses, contusions…), les interventions chirurgicales, les effets secondaires de certains médicaments.

*Qui se rapporte au corps.

8 DOC 5 **Indiquer l'outil d'évaluation de la douleur adapté à la situation de monsieur Delpiro que Damian accompagne à l'EHPAD. Justifier la réponse.**

....

DOC 5 Des exemples d'outils d'évaluation de la douleur

1. EVA : échelle visuelle analogique

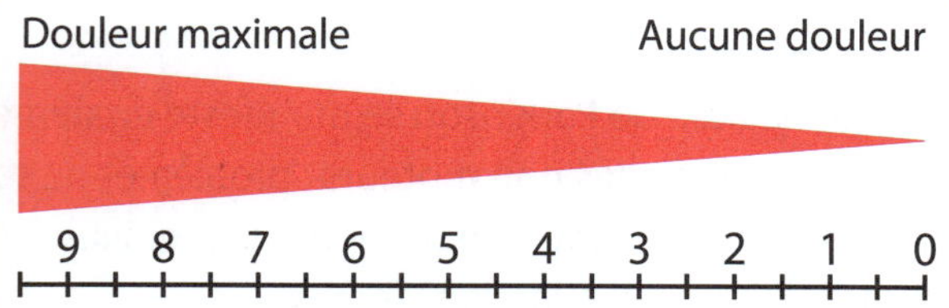

2. Échelle des visages

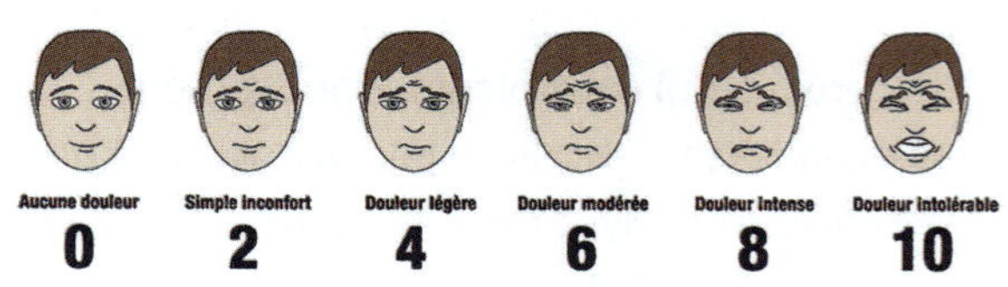

3. Échelle comportementale d'évaluation de la douleur chez la personne âgée non communicante

ECPA : Observation de la personne âgée non communicante 8 items avec chacun 5 réponses possibles notées de 0 à 4 (score sur 32)	
Avant le soin	**Après le soin**
– Expression du visage : regard et mimiques. – Position spontanée au repos. – Mobilité du patient. – Relation à autrui.	– Anticipation anxieuse aux soins. – Réactions pendant la mobilisation. – Réactions pendant les soins des zones douloureuses. – Plaintes exprimées pendant le soin.

9 **Damian et l'équipe mettent en place des actions pour limiter la douleur chez monsieur Delpiro. Relier chaque action à sa justification.**

Action	Justification
Décaler un soin si le patient dort. •	• Prévenir la douleur.
Expliquer ce que l'on fait. •	• Faire du soin un moment privilégié.
Accorder du temps à monsieur Delpiro. •	• Prendre en compte la douleur provoquée par les gestes et les soins.
Distraire monsieur Delpiro pendant le soin. •	• Rassurer monsieur Delpiro.
Installer monsieur Delpiro de manière à privilégier son confort, à éviter les escarres et les chutes. •	• Respecter les moments de repos.

ACTIVITÉ 5

La dépression

10 DOC 6 **Proposer une définition de la dépression.**

....

11 DOC 6 **Reporter sous chaque vignette le signe évocateur de dépression.**

Fatigue, manque d'énergie.

....

....

....

Perte d'intérêt pour les activités autrefois appréciées

....

DOC 6 La dépression chez la personne âgée

Texte lu foucherconnect.fr/24pap092

La dépression est une maladie psychique fréquente caractérisée par des troubles de l'humeur perturbant fortement la vie quotidienne.
Chez la personne âgée, elle peut être causée par une combinaison de facteurs, notamment des changements physiques et cognitifs liés au vieillissement, des événements de vie stressants, des problèmes de santé chroniques, des facteurs génétiques et environnementaux.

Les symptômes de la dépression chez les personnes âgées peuvent être différents de ceux observés chez les adultes plus jeunes. Ils peuvent inclure :
- une sensation de tristesse, de désespoir ou de vide,
- une perte d'intérêt ou de plaisir dans les activités qui étaient autrefois appréciées,
- une fatigue ou un manque d'énergie, qui persistent,
- des troubles du sommeil,
- des troubles de l'appétit,
- des difficultés de concentration ou de prise de décision,
- une sensation de culpabilité ou d'inutilité,
- des pensées de mort ou de suicide.

Je retiens

Synthèse rédigée et audio
foucherconnect.fr/24pap093

Les pathologies du système nerveux, la douleur

Les pathologies du système nerveux chez la personne âgée

La maladie d'Alzheimer
Maladie neurodégénérative caractérisée par une atteinte progressive et irréversible du cerveau entraînant une perte de neurones lente et inévitable.

- ✓ Troubles de la mémoire.
- ✓ Difficultés à réaliser les actes de la vie courante.
- ✓ Troubles du langage.
- ✓ Changements d'humeur.
- ✓ Modifications du comportement.
- ✓ Troubles de l'orientation.
- ✓ Difficultés à reconnaitre les objets ou les personnes.

La maladie de Parkinson
Maladie dégénérative d'évolution progressive et affectant principalement les régions du cerveau qui contrôlent le mouvement.

- ✓ L'akinésie : lenteur des mouvements.
- ✓ L'hypertonie : rigidité excessive des muscles.
- ✓ Les tremblements, survenant au repos, surtout au niveau des mains et des bras.

La dépression
Maladie psychique caractérisée par des troubles de l'humeur perturbant la vie quotidienne.

- ✓ Une tristesse constante.
- ✓ Un abattement et une perte d'intérêt et de plaisir pour des activités habituellement agréables.
- ✓ Une réduction de l'énergie ou une fatigabilité anormale.

La douleur

Sensation désagréable ressentie dans le corps en réponse à une stimulation somatique, psychologique ou émotionnelle.

Je me teste

Exercice interactif
foucherconnect.fr/24pap094

Relier chaque situation à la maladie correspondante.

Maladie d'Alzheimer	Maladie de Parkinson	Dépression
•	•	•
•	•	•
Madame Lila, 78 ans, ne peut plus tricoter. Ses mains et ses bras tremblent en permanence.	Depuis son entrée, à l'EHPAD, madame Dubois est triste, elle s'isole. Elle n'a plus goût à la lecture.	Monsieur Dolan, 73 ans, ne sait pas retrouver sa chambre. Il perd régulièrement ses lunettes. Cet après-midi, il n'a pas reconnu sa fille venue lui rendre visite comme toutes les semaines.

Dossier 20

Les troubles cutanés, les escarres, la dénutrition

Compétences

C2.1 Promouvoir l'autonomie dans les actes essentiels de la vie quotidienne.

C2.1.6 Surveiller l'état de santé et intervenir en conséquence.

Je découvre

Nabil travaille depuis quelques semaines en EHPAD, il apprend à être vigilant et à repérer les troubles pouvant affecter les résidents. Il découvre l'existence de nombreuses pathologies de la peau chez les personnes âgées.
Lors des repas, il surveille les prises alimentaires des résidents afin d'éviter la dénutrition.

Quand parle-t-on de dénutrition chez la personne âgée et quels en sont les risques ?

Madame Wautier souffre de démangeaisons importantes au niveau des jambes, de quoi s'agit-il ?

Nabil constate des zones rouges, sources de démangeaisons chez certains résidents, lorsqu'il les aide à s'habiller ou se déshabiller. Celles-ci sont liées à une sécheresse de la peau très fréquente chez les personnes âgées.
Il a également été confronté à une épidémie de gale dans l'établissement. La gale est une maladie affectant la peau. Cette épidémie l'a donc contraint à adapter certaines de ses pratiques professionnelles.

Certaines personnes très peu mobiles, alitées, présentent des lésions de la peau au niveau des points d'appui. Ces lésions sont appelées des escarres. La dénutrition peut entraîner des conséquences multiples et graves. Le personnel de l'EHPAD est sensibilisé à ce trouble chez les personnes âgées.
Il est demandé à tous les professionnels de repérer précocement les premiers signes d'une dénutrition et de respecter scrupuleusement les protocoles mis en œuvre.

- **Relever les différents troubles cutanés auxquels Nabil est confronté.**

....

- **Énoncer le trouble sur lequel le personnel a été sensibilisé et l'importance de cette sensibilisation.**

....

Activités

ACTIVITÉ 1 La peau sèche

1 DOC 1 **Citer les signes d'alerte d'une xérose.**

....

2 DOC 1 **Souligner les conséquences d'une xérose chez la personne atteinte.**

DOC 1 La xérose chez la personne âgée

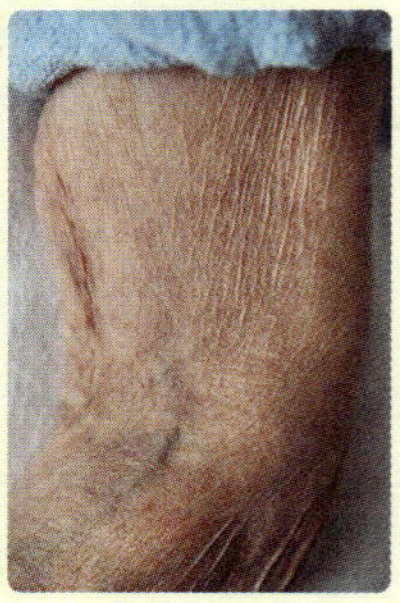

La xérose ou sécheresse de la peau est particulièrement fréquente chez les personnes âgées : elle touche 75 % des plus de 75 ans. Avec le vieillissement, la peau devient plus fine et très fragile. Le film hydrolipidique de la peau s'appauvrit : la fabrication de sébum et de sueur diminue. Le sébum et la sueur protègent la peau. La peau des personnes âgées devient très sèche. La personne a des sensations de tiraillement, de picotements et de fourmillements. Le prurit (démangeaisons) est très fort, la personne âgée va se gratter très fréquemment. Ce grattage aggrave les irritations et entraîne des lésions sur les zones touchées. Il perturbe la qualité de vie de la personne.

3 DOC 2 **Surligner les points sur lesquels le personnel doit être attentif.**

4 DOC 2 **Énoncer les actions que Nabil doit entreprendre face aux résidents atteints de xérose.**

....

....

DOC 2 Comment soulager la sécheresse de la peau ?

Le personnel de l'EHPAD doit être particulièrement attentif au choix de produits d'hygiène afin d'éviter les produits agressifs, parfumés qui accentuent le dessèchement de la peau. Un rinçage minutieux lors des toilettes et du lavage des mains est nécessaire. Des crèmes hydratantes peuvent être proposées pour les zones les plus touchées.

Si lors de l'aide à l'habillage ou au déshabillage d'un résident, Nabil constate une sécheresse, une irritation de la peau et des démangeaisons, il doit signaler ses observations à sa supérieure hiérarchique. Il conseille au résident atteint de choisir des vêtements confortables, en fibres naturelles, qui ne serrent pas les zones irritées.

ACTIVITÉ 2 La gale

DOC 3 La gale : cause

Site internet foucherconnect.fr/24pap095

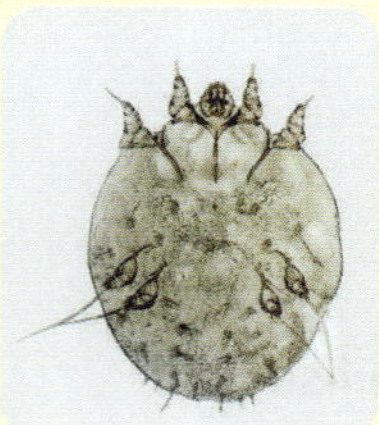

La gale est une maladie cutanée bénigne mais très contagieuse due à un acarien appelé le sarcopte. La femelle creuse des tunnels dans la couche superficielle de la peau et y pond ses œufs.

5 DOC 3 **Souligner la définition de la gale.**

6 DOC 4 **Identifier les signes de la gale.**

....

....

....

7 DOC 4 **Surligner les deux modes de transmission de la gale.**

DOC 4 Les symptômes de la gale et les modes de transmission

Les personnes atteintes de la gale ont des démangeaisons très intenses, surtout la nuit. Il est observé à la surface de leur peau des petits sillons rouges et des vésicules. Ces lésions se trouvent surtout au niveau des espaces interdigitaux (entre les doigts et les orteils). La gale se transmet par contact direct (exemple : peau contre peau) ou par contact indirect (exemple : par du linge ou de la literie contaminés).

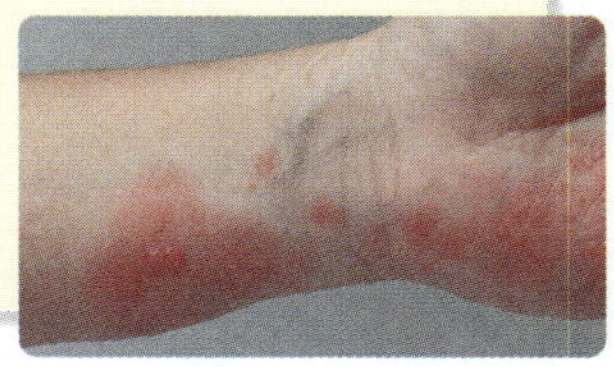

8 DOC 5 **Énoncer les mesures que doit respecter Nabil face à l'épidémie de gale.**

....

....

....

....

DOC 5 Des mesures pour éviter la propagation

À la suite de l'épidémie de gale à l'EHPAD, les mesures d'hygiène ont été renforcées. Le lavage des mains doit se faire à l'eau et au savon à l'entrée et la sortie de chaque chambre. Il ne faut pas utiliser de gel hydro alcoolique car il est inefficace contre le parasite de la gale.
L'entretien de l'environnement et des surfaces s'effectue avec un produit acaricide qui détruit les sarcoptes.
L'entretien du linge fait l'objet d'un protocole particulier. Le linge est manipulé obligatoirement avec des gants à usage unique enlevés et jetés à la sortie de la chambre et une sur blouse à manches longues.
Le changement du linge doit être quotidien pour les résidents atteints. L'évacuation de ce linge se fait en sac étanche et fermé pour être traité à 60 °C.
Les personnes contaminées sont isolées et prennent leurs repas en chambre pour limiter la propagation de la gale.

Texte lu foucherconnect.fr/24pap096

ACTIVITÉ 3 Les escarres

9 DOC 6 **Définir une escarre.**

....

....

10 DOC 6 **Énoncer les conséquences de cette compression prolongée.**

....

11 DOC 6 **Citer le premier signe d'apparition d'une escarre et lister les zones les plus touchées chez une personne immobilisée sur le dos.**

....

....

....

DOC 6 Qu'est-ce qu'une escarre ?

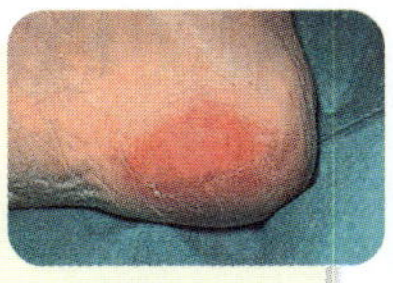

L'escarre est une lésion cutanée due à la compression prolongée des tissus (des muscles par exemple) entre un plan dur (un lit ou un fauteuil par exemple) et les os. Cette compression empêche le sang de circuler dans ces tissus. Les tissus manquent alors de dioxygène et meurent. Le premier signe d'une escarre est une rougeur sur la zone d'appui comprimée. Par exemple, chez une personne immobilisée sur le dos, les escarres peuvent apparaître au niveau des talons, du sacrum (bas du dos), des coudes, des omoplates et à l'arrière du crâne.

12 DOC 7 Compléter les encadrés.

Les facteurs favorisants les escarres	Les moyens de prévention des escarres
....	....
....	....
....	....
....	....
....	....
....	....
....	....

DOC 7 Les facteurs favorisants et les moyens de prévention des escarres

Les escarres sont favorisées par de multiples facteurs : l'âge (les sujets âgés sont plus à risques), la dénutrition, la déshydratation, la présence de corps étrangers dans le lit (par exemple des miettes de pain), l'humidité et la macération, l'alitement prolongé ou la pression prolongée, les incontinences urinaire et fécale.
Le personnel de l'EHPAD doit repérer rapidement les personnes à risques et agir le plus tôt possible.

Les moyens de prévention sont multiples : mobilisation régulière avec changements de positions fréquents, hydratation régulière, alimentation équilibrée, hygiène rigoureuse afin d'éviter l'humidité. Il est également possible d'utiliser des matériels spécifiques comme des coussins ou des matelas adaptés.

Texte lu foucherconnect.fr/24pap097

13 Relier les photos de matériels à leurs intérêts.

- Les matelas à air alterné sont composés de poches remplies d'air, gonflées et dégonflées alternativement par un compresseur. Cela permet de modifier en permanence les points d'appui.
- Des matelas en mousse, composés de petits plots carrés les faisant ressembler à un gaufrier, augmentent les surfaces d'appui. Ils répartissent mieux la pression sur l'ensemble du corps. Pour conserver l'efficacité des plots, la housse et les draps ne doivent pas être bordés.
- Il existe également des coussins contenant un gel plus ou moins fluide. Ce gel diminue les pressions. Par exemple, il existe des coussins de ce type pour fauteuil roulant.

14 À l'aide de la question 9, préciser la précaution que Nabil doit prendre lorsqu'il effectue la réfection d'un lit équipé d'un matelas anti-escarres en mousse.

....

ACTIVITÉ 4

La dénutrition

15 DOC 8 **Définir la notion de dénutrition.**

....

....

16 DOC 8 **Cocher les raisons qui peuvent expliquer une dénutrition.**

- ❑ Perte d'appétit.
- ❑ Repas trop copieux.
- ❑ Diminution du goût et de l'odorat.
- ❑ Problèmes bucco-dentaires.
- ❑ Digestion trop rapide.
- ❑ Isolement social.
- ❑ Grignotage.

17 DOC 8 **Surligner les conséquences de la dénutrition.**

DOC 8 Les causes et conséquences d'une dénutrition

La dénutrition est un état qui se traduit par des déséquilibres nutritionnels : le corps reçoit insuffisamment d'apports alimentaires (énergie, protéines, nutriments) pour fonctionner normalement.
La dénutrition touche particulièrement les personnes âgées. Avec l'âge, l'appétit diminue alors que les besoins nutritionnels restent importants. D'autres raisons peuvent aussi conduire à une dénutrition : diminution du goût et de l'odorat, lenteur de la digestion, isolement social, problèmes bucco-dentaires.
La dénutrition conduit à un amaigrissement important et à un affaiblissement global du corps. Il y a alors une diminution des défenses immunitaires, une fonte de la masse musculaire, des troubles de l'équilibre avec des chutes, un risque accru d'escarres. La dénutrition est un facteur majeur de la perte d'autonomie.

Texte lu foucherconnect.fr/24pap098

18 DOC 9 **Énoncer les actions que Nabil peut mettre en place pour prévenir la dénutrition lors de l'accompagnement à la prise des repas.**

....

....

....

....

DOC 9 Des mesures pour prévenir la dénutrition

Texte lu foucherconnect.fr/24pap099

Pour prévenir la dénutrition, les repas peuvent être enrichis à l'aide de poudre de lait ou de petits-suisses. Les collations permettent de fractionner et d'augmenter les apports alimentaires.
Quand ces actions ne suffisent pas, il est possible de prescrire des compléments nutritionnels oraux afin d'enrichir l'alimentation en calories, protéines, minéraux…
Les mets proposés doivent être faciles à consommer. Il faut veiller au goût et maintenir des apports variés.
Il a été demandé à Nabil d'être particulièrement vigilant lors de l'accompagnement à la prise des repas afin d'éviter l'installation d'une dénutrition.
Il veille à rendre les moments des repas et des collations agréables : présentation des assiettes, décoration de la table, installation confortable des résidents, ambiance calme, respect du rythme de la personne. Il doit aussi repérer les personnes qui rencontrent des difficultés à s'alimenter ou qui refusent de s'alimenter et le signaler rapidement.

Je retiens

Synthèse rédigée et audio
foucherconnect.fr/24pap100

Les troubles cutanés, les escarres, la dénutrition

Troubles cutanés chez la personne âgée

Peau sèche
- Tiraillements, picotements, prurit (démangeaisons).

✓ Surveillance.
✓ Hydratation la peau.
✓ Produits d'hygiène adaptés.
✓ Vêtements confortables.

La gale
- Très contagieuse.
- Due à un acarien.
- Démangeaisons intenses.

✓ Lavage des mains à l'eau et au savon et port de gants à usage unique et de sur blouse.
✓ Isolement les personnes contaminées.
✓ Protocole particulier d'entretien des surfaces et du linge.

Les escarres
- Lésion due à la compression prolongée des tissus entre un plan dur et les os.

✓ Surveillance des points d'appui (rougeurs).
✓ Mise en place de moyens de prévention : hydratation, alimentation, hygiène rigoureuse, changements de position, utilisation de matériels spécifiques.

La dénutrition

Prévention
- Enrichir les plats.
- Proposer des collations.
- Rendre les moments de repas agréables.
- Présenter des plats qui donnent envie.
- Utiliser des compléments hypercaloriques et hyperprotéinés.

Je me teste

Exercice interactif
foucherconnect.fr/24pap101

Indiquer si chaque affirmation est vraie ou fausse et justifier lorsqu'elle est fausse.

	Vrai	Faux	Justification
a. La gale est due à une bactérie et un manque d'hygiène.			....
b. Le premier signe d'apparition d'une escarre est une rougeur.			....
c. L'utilisation de matériels est le seul moyen de prévention des escarres.			....

La prévention des escarres

FICHE OUTIL 7

Repérer les personnes à risques

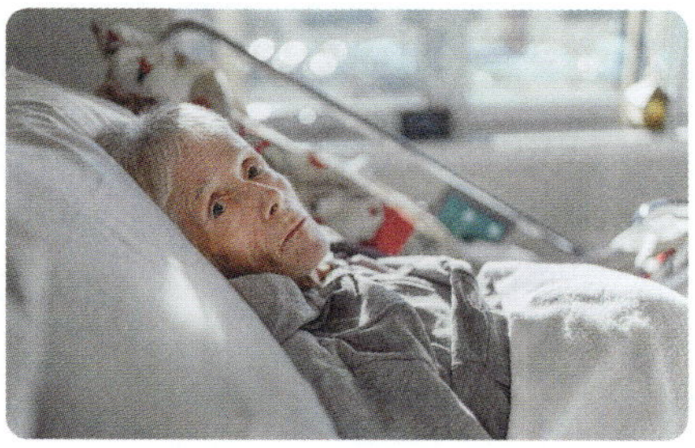

- Il s'agit des personne âgées, alitées de manière prolongée, dénutries, incontinentes.

Agir

Veiller à une bonne hydratation et éviter la dénutrition

Mettre en place une hygiène scrupuleuse pour éviter l'humidité et la macération ainsi que les miettes dans le lit.

Changer régulièrement de position (toutes les 3 heures) les personnes alitées.

FICHE OUTIL 7 La prévention des escarres

Le matériel de prévention des escarres

Le matériel suivant peut être utilisé en complément des actions énoncées en page précédente.

Arceau de lit → 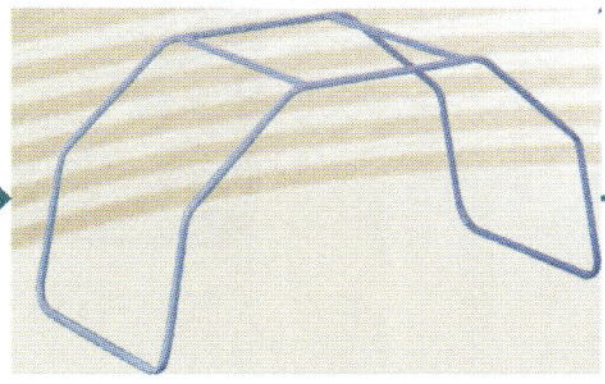 → Évite d'endurer le poids des draps et des couvertures sur les jambes.

Talonnières anti-escarres → Réduisent la pression exercée sur les talons.

Coussins anti-escarres → 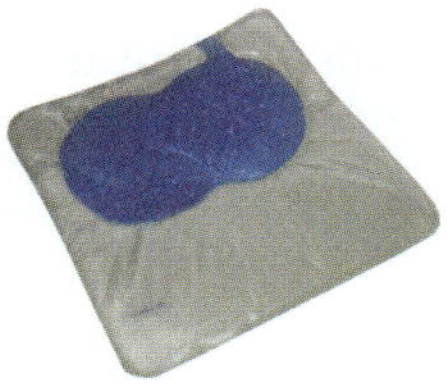 → Le plus souvent en gel, se posent sur l'assise d'un fauteuil ou d'un fauteuil roulant pour diminuer les pressions au niveau du sacrum.

Matelas avec des plots en mousse (gaufrier) →  → Apporte une meilleure répartition des zones de pression, favorise la circulation de l'air et limite les effets de la macération.

Matelas anti-escarres avec compresseur → 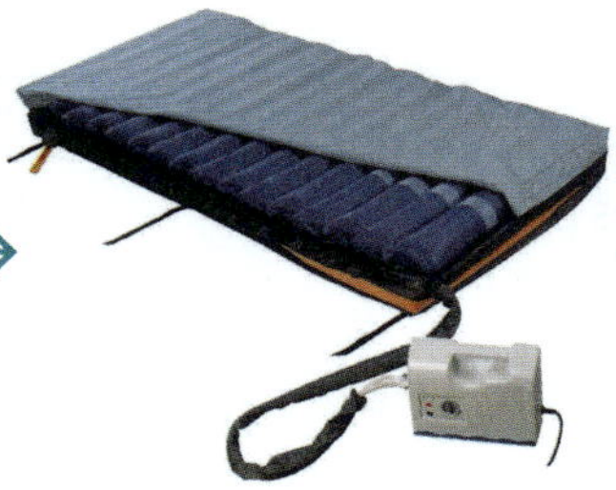 → Répartit les points de pression en fonction de la morphologie et du positionnement du corps. Le compresseur gonfle et dégonfle des alvéoles indépendantes.

Dossier 21

Des atteintes sensorielles : la cécité et la surdité

Compétences
C2.1 Promouvoir l'autonomie dans les actes essentiels de la vie quotidienne.
C2.1.6 Surveiller l'état de la personne et intervenir en conséquence.

Je découvre

Laurine est agent d'accompagnement dans une résidence autonomie. Madame Derousse se plaint au directeur de troubles de la vue, elle voit flou, elle est gênée par la lumière vive et n'arrive plus à lire malgré ses lunettes. Rendez-vous est pris chez l'ophtalmologiste. Laurine, agent d'accompagnement est chargée de l'accompagner.
Sur le chemin du retour, Laurine demande à madame Derousse, ce que lui a dit le médecin : « Le docteur a parlé de cataracte et de cristallin, mais je n'ai pas tout compris ».

L'œil et la vision

Vidéo foucherconnect.fr/24pap102

L'œil est l'organe de la vision, sens qui nous permet de percevoir le monde qui nous entoure grâce à la lumière.
La lumière provenant des objets environnants entre dans nos yeux par la pupille, traverse la cornée et le cristallin qui dirigent la lumière sur la rétine, zone sensorielle de l'œil. Les cellules de la rétine transforment les signaux lumineux en signaux électriques envoyés au cerveau par le nerf optique. Le cerveau interprète ces signaux et crée une image de ce que nous voyons.
Le cristallin a pour rôle de mettre au point l'image sur la rétine en fonction de la distance entre l'objet et l'œil (accommodation). Avec l'âge, le cristallin perd de sa transparence empêchant le passage de la lumière vers la rétine : c'est la cataracte.

Coupe sagittale de l'œil

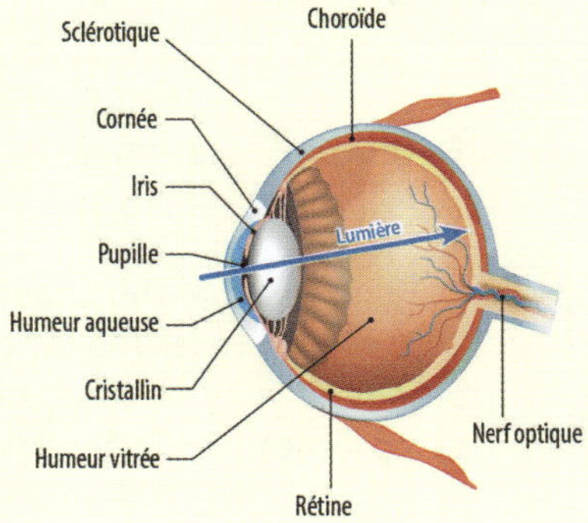

- **Préciser le rôle du cristallin dans la vision.**

....

- **Définir la cataracte et préciser la conséquence de cette maladie.**

....

Activités

ACTIVITÉ 1 Les atteintes oculaires chez la personne âgée

1 DOC 1 **Indiquer la pathologie oculaire la plus fréquente chez les personnes âgées.**

....

2 DOC 1 **Sous chaque image, indiquer la pathologie concernée et la relier au signe correspondant.**

Pathologie	.... •	.... •	.... •
Signe	• Opacification du cristallin	• Pression intra-oculaire trop élevée	• Tache au centre du champ visuel

3 DOC 1 **Souligner la définition de la cécité.**

4 DOC 1 **Différencier cécité et mal voyance.**

....

....

DOC 1 Les principales pathologies oculaires liées à l'âge

	Dégénérescence maculaire liée à l'âge (DMLA)	Cataracte	Glaucome
Fréquence	25 % chez les plus de 75 ans.	20 % de la population partir de 65 ans et près de 60 % après 85 ans.	2 % de la population après 45 ans.
Définition	Maladie chronique de la zone centrale de la rétine, appelée macula.	Opacification partielle ou totale du cristallin.	Maladie liée à l'élévation de la pression à l'intérieur de l'œil qui endommage le nerf optique.
Signes et symptômes	– Difficultés à reconnaître les formes ou les couleurs. – Déformation des images. – Tache noire au centre du champ visuel (perte de la vision centrale de l'œil).	– Baisse progressive de la vue. – Gêne à la lumière (photophobie). – Impression de brouillard devant les yeux.	– Peu de signes au début puis altération de la vision (vision tubulaire). – Œil rouge. – Halos colorés autour des sources de lumière vive. – Maux de tête et nausées.
Évolution	Perte progressive de la vision centrale.	Risque de cécité* si elle n'est pas traitée.	Diminution irrémédiable du champ de vision. Risque de cécité s'il n'est pas traité.

* La cécité est une perte totale des capacités visuelles, temporaire ou définitive. La perte de vision peut être brutale ou progressive. Cette perte de vision peut être partielle (mal voyance) ou totale (cécité).

ACTIVITÉ 2

Les troubles de l'audition liés au vieillissement

Vidéo foucherconnect.fr/24pap103

5 DOC 2 **Définir la surdité.**

....

6 DOCS 2 et 3 **Sur le schéma, faire une croix sur l'élément de l'oreille responsable de la presbyacousie.**

7 DOCS 2 et 3 **Justifier la phrase : « La presbyacousie est responsable d'une surdité de perception ».**

....

....

8 DOC 3 **Souligner les signes de la presbyacousie.**

9 DOC 3 **Préciser les conséquences possibles d'une presbyacousie.**

....

DOC 2 Anatomie de l'oreille et transmission du son

Le pavillon capte les ondes sonores qui sont propagées par le conduit auditif jusqu'au tympan. Les sondes sonores font vibrer le tympan. Les vibrations du tympan sont transmises à la chaîne des osselets (marteau, enclume, étrier) jusqu'à l'oreille interne. Les cellules ciliées qui tapissent la cochlée, sont alors excitées et créent l'influx nerveux que le nerf auditif conduit qu'au cerveau.
La surdité est une perte de l'acuité auditive
Elle peut être causée par :
- une atteinte de l'oreille externe ou de l'oreille moyenne, il s'agit d'une surdité de transmission ;
- une atteinte de l'oreille interne, il s'agit d'une surdité de perception.

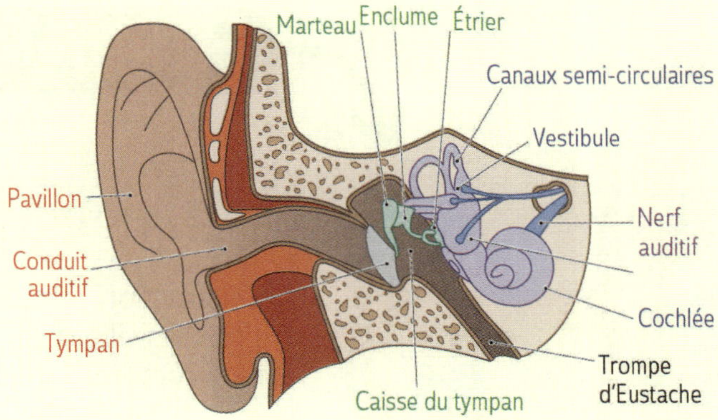

DOC 3 La presbyacousie

Texte lu foucherconnect.fr/24pap104

La presbyacousie (ou surdité liée à l'âge) est une diminution physiologique des capacités auditives qui se manifeste en général à partir de 50 ans et s'aggrave avec l'âge. **Elle est responsable d'une surdité de perception** liée à la destruction des cellules ciliées de la cochlée. Elle est progressive et irréversible, bilatérale et symétrique. Elle se manifeste par des difficultés à comprendre la parole et à suivre des conversations dans un environnement bruyant ou lors d'échanges à plusieurs personnes.
Affectant d'abord les fréquences aiguës, elle est associée ou non à des acouphènes.

L'importance de la perte auditive liée à l'âge varie selon les individus et de leur vécu (traumatismes sonores, maladies de l'oreille, facteurs de risque cardiovasculaires, prise de médicaments ototoxiques).
Non prise en charge, la presbyacousie limite les capacités de communication et peut être source de dégradation de la qualité de vie, conduisant à l'isolement social voire à un état dépressif. Sans appareillage auditif, la presbyacousie est également associée à une augmentation significative du risque de troubles neurocognitifs.

Je retiens

Synthèse rédigée et audio
foucherconnect.fr/24pap106

Des atteintes sensorielles : la cécité et la surdité

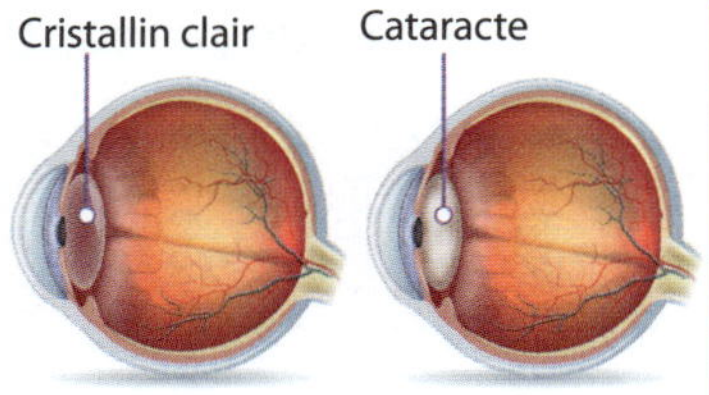

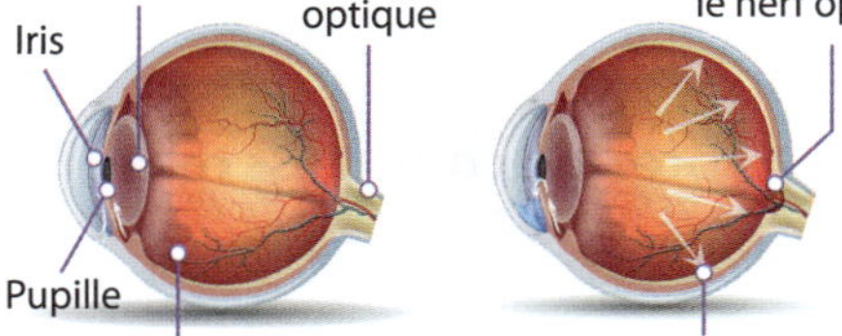

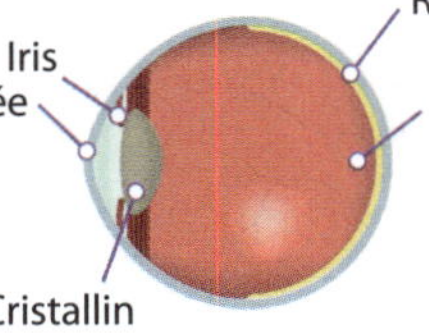

La cataracte
Opacification du cristallin.

Le glaucome
Élévation de la pression intraoculaire endommageant le nerf optique.

La dégénérescence maculaire liée à l'âge (DMLA)
Atteinte de la zone centrale de la rétine (macula).

Cécité : perte totale de la vision

Surdité : perte de l'acuité auditive

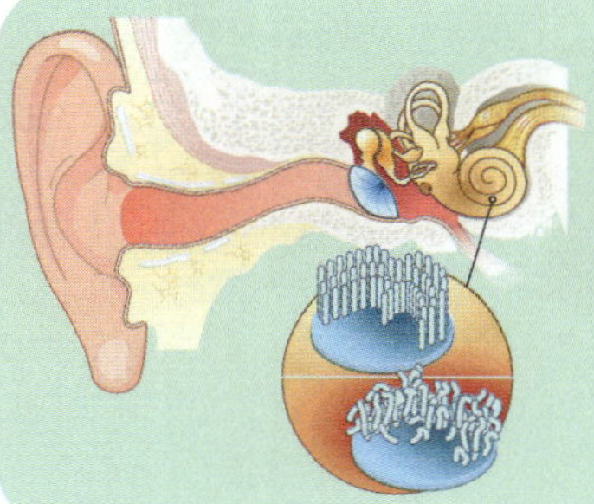

Destruction des cellules ciliées de la cochlée.

La presbyacousie
Perte de l'acuité auditive liée à l'âge.

- ✓ Difficultés à entendre les conversations.
- ✓ Tendance à monter le son.
- ✓ Acouphènes.

Je me teste

Exercice interactif
foucherconnect.fr/24pap107

Indiquer pour chaque affirmation si elle est vraie ou fausse.

	Vrai	Faux
a. La presbyacousie est une surdité de transmission.		
b. La DMLA est due à une atteinte de la zone centrale de la rétine.		
c. La cataracte provoque des troubles de l'équilibre.		
d. La presbyacousie peut engendrer une dépression et des troubles cognitifs.		
e. Le glaucome est dû à une atteinte du cristallin.		

Dossier 22

Les différents matériaux et revêtements, le choix des matériels et produits

Compétences
C2.2 Entretenir et personnaliser la sphère privée.
C2.2.1 Nettoyer et décontaminer les espaces privés dans le cadre de l'entretien journalier et périodique.

Je découvre

Augustine est agent polyvalent à l'EHPAD. Elle doit réaliser l'entretien dans la structure, à partir du protocole et du plan de nettoyage en tenant compte des différents matériaux et revêtements présents dans la structure.

Est-ce que l'on entretient tous les revêtements de la même façon ?

Faut-il changer de produits en fonction des différents matériaux ?

Dans un lieu de vie destiné aux personnes âgées, les matériaux, les revêtements, les gammes de coloris et le design choisis doivent pallier les déficiences et les fragilités des uns et des autres. Les revêtements doivent contribuer à créer un environnement à la fois confortable et pratique. Il doit être propice au bien-être des résidents et au travail du personnel, tout en permettant de réduire les coûts d'entretien.

Les équipements doivent être robustes, faciles à utiliser et à nettoyer. De même, les rideaux (textiles), les stores, les revêtements muraux (peintures, papiers peints, moquette) et de sol (carrelage, parquet, lino, moquette), doivent être lavables et ne pas accrocher la poussière. Les surfaces lisses sont à privilégier. Les revêtements de sol doivent ailleurs être non glissants, souples pour amortir les chutes et résistants en vue de supporter le poids des déambulateurs et des fauteuils roulants.

- **Souligner les particularités des équipements et des revêtements en EHPAD.**
- **Citer des exemples de revêtements.**

Revêtements	Exemples
Revêtements muraux	....
Revêtement de sol	....
Rideau	....

Activités

ACTIVITÉ 1

Les critères de choix d'un revêtement ou d'un matériau

1 DOC 1 **Relever les critères de choix des revêtements.**

....

....

2 DOC 1 **Surligner les critères de choix lors de la conception des locaux.**

3 DOC 1 **Préciser pourquoi le nettoyage en EHPAD est intensif et répété.**

....

....

DOC 1 Les critères de choix d'un revêtement en fonction du local

Les revêtements utilisés doivent à la fois supporter l'environnement parfois agressif d'un EHPAD (par exemple, les chocs lors des passages de lits et de chariots) et la nécessité de nettoyages intensifs et répétés.
Des sols design favorisant le confort visuel et acoustique permettent de concevoir un environnement chaleureux, favorable au bien-être des personnes âgées.
Lors de la conception des matériels et matériaux pour chambres en EHPAD, il faut veiller :
- au confort acoustique et visuel,
- à une hygiène parfaite,
- à une bonne résistance aux produits chimiques,
- à la facilité d'entretien.

Le choix d'un revêtement est lié aux critères suivants : la tenue aux agents chimiques, l'action mécanique (altération ou usure à la marche), le comportement à l'eau (poreux ou non poreux) et en fonction de l'activité réalisée dans le local.

Texte lu foucherconnect.fr/24pap108

ACTIVITÉ 2

Des produits et matériaux innovants

4 DOC 2 **Souligner les avantages des produits et matériaux innovants qui peuvent être utilisés dans les nouvelles structures.**

Texte lu foucherconnect.fr/24pap109

DOC 2 Des exemples de produits et matériaux innovants

- **Une moquette dépolluante**

Des polluants et allergènes peuvent se trouver dans l'air et être à l'origine de trouble de la santé. La ventilation et le choix des matériaux sont importants. Il existe une moquette capable de retenir les particules fines, les empêchant d'être en suspension dans l'air intérieur. Avec cette moquette, passer l'aspirateur permet de faire disparaître ces microparticules nocives.

- **Un carrelage résistant aux taches**

Un nouveau traitement sur le carrelage lui confère une meilleure résistance à l'eau et aux taches. Cela permet d'éviter les taches les plus agressives et rend le nettoyage plus facile.

- **Des produits concentrés**

Un liquide nettoyant concentré en agent tensioactif réduit la consommation d'eau et les heures de travail nécessaires au nettoyage. Ces produits favorisent également le respect des conditions sanitaires, en particulier dans les collectivités dotées d'espaces de restauration.

- **Des produits biodégradables**

Ce sont des produits d'entretien et d'hygiène biodégradables et 100 % écologiques.
La composition de ce type de nettoyant s'appuie sur des bases non toxiques et non nocives (parfums sans musc ni phtalate), certifiée par un écolabel.

ACTIVITÉ 3 Les différents revêtements de sol

5 DOC 3 **Surligner le revêtement qui se nettoie facilement.**

6 DOC 3 **Cocher les produits pouvant être utilisés lors de l'entretien sur les revêtements.**

Revêtements	Détergent	Désinfectant	Agglutinant	Abrasif	Détachant
Carrelage					
Parquet					
Moquette					
Sols souples					
Béton					

7 DOC 3 **Relier les revêtements et les matériels utilisés pour l'entretien.**

Revêtements	Matériels
Carrelage	Lavette
Parquet	Bandeaux de lavage
Moquette	Nettoyeur vapeur
Sols souples	Aspirateur
Béton	Aspirateur à eau

8 DOC 3 **Relever le revêtement qui sera le moins utilisé en EHPAD et justifier votre réponse.**

....

DOC 3 Les différents revêtements de sol

Revêtements	Avantages	Propriétés	Produits et matériels d'entretien
 Carrelage ou grès cérame	– Résistance à l'usure. – Entretien facile.	– Dur et non poreux. – Insensible aux produits chimiques.	– Détergents, désinfectants, abrasifs, agglutinants. – Lavettes, abrasifs. – Bandeaux de lavage. – Nettoyeur vapeur. – Mono brosse, autolaveuse.
 Parquet en bois	– Résistance à l'usure.	– Sensible aux rayures, poreux, putrescible. – Sensible aux produits chimiques et à l'eau.	– Détergents, désinfectants, agglutinants. – Gazes pré-imprégnées. – Aspirateur.
 Moquette	– Doux et chaud.	– Sensible aux acides et au chlore. – Peu résistant à l'usure. – Difficile d'entretien.	– Aspirateur. – Détachants moquette et aspirateur à eau.
 Sols souples	– Forte résistance à l'usure. – Imperméable. – Entretien facile.	– Imputrescible. – Insensible aux solvants.	– Détergents, désinfectants, agglutinants. – Bandeaux de lavage.
 Béton	– Résistance à l'usure. – Lisse. – Faible entretien.	– Poreux. – Sensible aux acides.	– Détergents, désinfectants, agglutinants. – Bandeaux de lavage.

ACTIVITÉ 4

Les autres revêtements et matériaux

9 DOC 4 **Surligner en bleu les propriétés physiques et en jaune les réactions aux produits chimiques.**

10 DOC 4 **Relever les matériaux sur lesquels Augustine pourra utiliser la vapeur.**

....

....

11 DOC 4 **Relever les avantages d'utiliser un revêtement mural en vinyle.**

....

....

12 DOC 4 **Énoncer le rôle des différents types de produits utilisés.**

Produits	Rôle
Détergent	....
Désinfectant	....
Abrasif	....
Détartrant	....
Agglutinant	....

DOC 4 Les différents matériaux

Selon l'utilisation et le lieu, les matériaux peuvent être différents.

Matériaux	Propriétés	Produits et matériels d'entretien
Thermodurcissable, PVC (revêtements de meubles, parois, huisserie)	– Imperméable, imputrescible. – Sensible aux solvants organiques. – Bonne résistance à l'usure – Sensible à la chaleur.	– Détergents, désinfectants. – Lavettes. – Bandeaux de lavages. – Nettoyeur vapeur si résistant à la chaleur.
Thermoplastique (revêtement de siège)	– Imperméable, imputrescible. – Sensible aux abrasifs et solvants. – Bonne résistance aux produits chimiques.	– Détergents, désinfectants. – Lavettes.
Céramique (sanitaires)	– Dur et non poreux. – Insensible aux produits chimiques.	– Détergents, désinfectants, abrasifs, détartrants. – Lavettes, abrasifs. – Nettoyeur vapeur.
Résine de synthèse et époxy (accessoires de salle de bains, vasques)	– Sensible aux rayures. – Bonne résistance à l'usure et aux produits chimiques.	– Détergents, désinfectants, détartrants en gel, agglutinants. – Lavettes. – Nettoyeur vapeur.
Verre (vitres, miroir, paroi de douche)	– Imperméable, imputrescible. – Sensible aux rayures et aux chocs. – Insensible aux produits chimiques. – Garde les traces d'eau et de produits d'entretien.	– Détergents, désinfectants, détartrants spécifiques vitres. – Raclette et lames en caoutchouc adaptées, mouilleurs et housse, seau, lavettes. – Nettoyeur vapeur.
Métal chromé (robinetterie et accessoires de salle de bains)	– Inoxydable, dur et dense. – Sensibles aux abrasifs durs.	– Détergents, désinfectants. – Lavettes.

DOC 4 Les différents matériaux (suite)

Matériaux	Propriétés	Produits et matériels d'entretien
Acier inoxydable (robinetterie)	– Sensible aux rayures. – Brillant, peu d'adhérence aux salissures. – Inoxydable. – Garde les traces d'eau et de produits d'entretien.	– Détergents, désinfectants, agglutinants, détartrants. – Lavettes. – Nettoyeur vapeur.
Faïence	– Imperméable, lisse, brillante. – Sensibles aux chocs et aux abrasifs durs. – Matériau insensible à la plupart des produits chimiques.	– Détergents à pH neutre, désinfectants à pH neutre, abrasif sous forme de crème. – Lavettes. – Nettoyeur vapeur.
Revêtement mural en vinyle haute performance	– Résistant aux impacts, aux chocs, rayures, taches et produits d'entretien.	– Détergents, désinfectants. – Lavettes.

13 DOCS 4 et 5 **Indiquer à Augustine pour chaque accessoire le type de matériau puis les produits utilisés pour l'entretenir.**

Numéro	Matériau	Produits utilisables
1	....	....
2	....	....
3	....	....
4	....	....
5	....	....

DOC 5 Une chambre en EHPAD

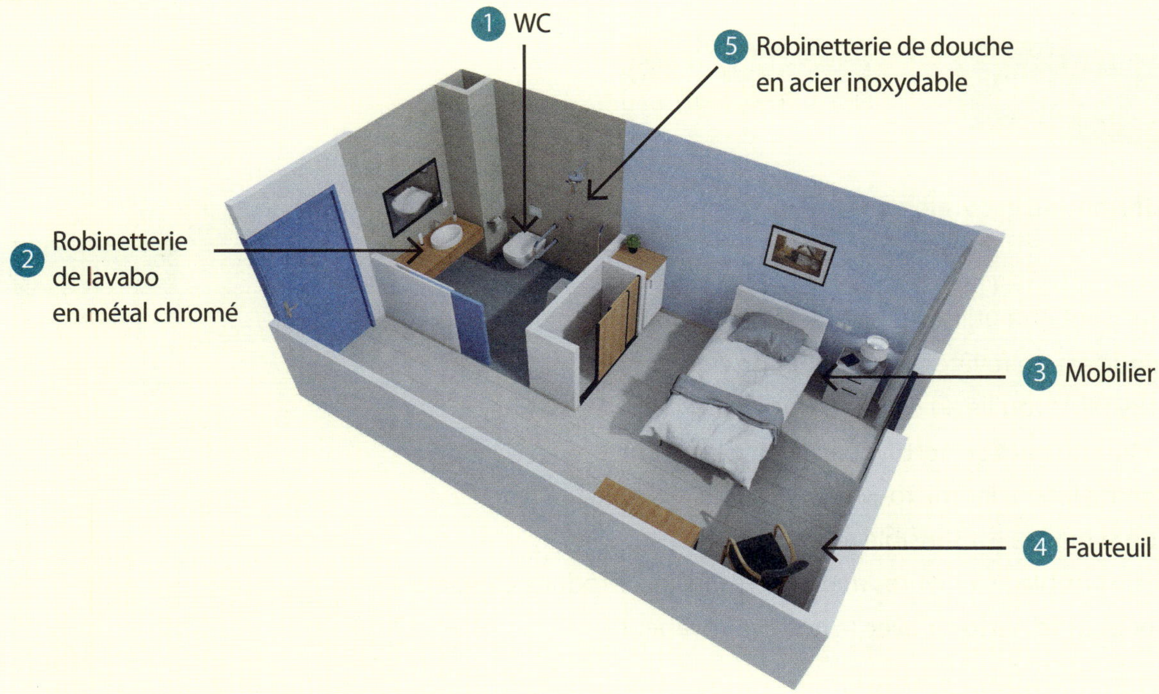

Je retiens

Synthèse rédigée et audio foucherconnect.fr/24pap110

Les différents matériaux et revêtements, le choix des matériels et produits

Dans les établissements pour personnes âgées, plusieurs types de revêtements sont présents conditionnant l'utilisation de produits et de matériels d'entretien.

Revêtements de sol
Carrelage, parquet en bois, moquette, béton, sols souples.

Autres revêtements et matériaux
Thermoplastique, thermodurcissable, résine de synthèse, céramique et faïence, verre, acier inoxydable, métal chromé.

Les propriétés des revêtements et matériaux

Propriétés physiques
Imperméable, imputrescible, sensible aux rayures ou bonne résistance à l'usure et aux chocs.

Réactions aux produits chimiques
Insensible ou bonne résistance aux produits chimiques, sensible aux solvants, sensible aux abrasifs durs.

En fonction du revêtement ou matériau, les propriétés induisent les produits et les matériels utilisés lors de l'entretien.

Produits
Détergent, désinfectant, agglutinant, détartrant, abrasif.

Matériel
Aspirateur, aspirateur à eau, nettoyeur vapeur, mono brosse, autolaveuse.

Je me teste

Exercice interactif foucherconnect.fr/24pap111

Cocher si l'affirmation est vraie ou fausse.

	Vrai	Faux
a. L'aspirateur peut être utilisé sur tous les revêtements		
b. La céramique est un revêtement pur et non poreux		
c. L'acier inoxydable rouille au contact avec l'eau		
d. Le métal chromé peut se nettoyer avec un détartrant		
e. Un détergent élimine les micro-organismes		
f. La résine de synthèse est sensible aux rayures		
g. Le verre est sensible aux rayures mais insensible aux produits chimiques		
h. Le parquet peut se nettoyer avec le nettoyeur vapeur		

23 Dossier
L'entretien journalier et périodique des espaces privés

Compétences
C2.2 Entretenir et personnaliser la sphère privée.
C2.2.1 Nettoyer et décontaminer les espaces privés dans le cadre de l'entretien journalier et périodique.

Je découvre

Awa est agent polyvalent dans un EHPAD. Elle doit effectuer l'entretien des différents espaces de la structure, dans le respect du protocole et du plan de nettoyage. Ce matin, elle doit réaliser l'entretien journalier des chambres et des parties communes. Elle doit également entretenir une chambre à la suite du départ d'un résident.

À quelle fréquence dois-je entretenir les différents espaces ?

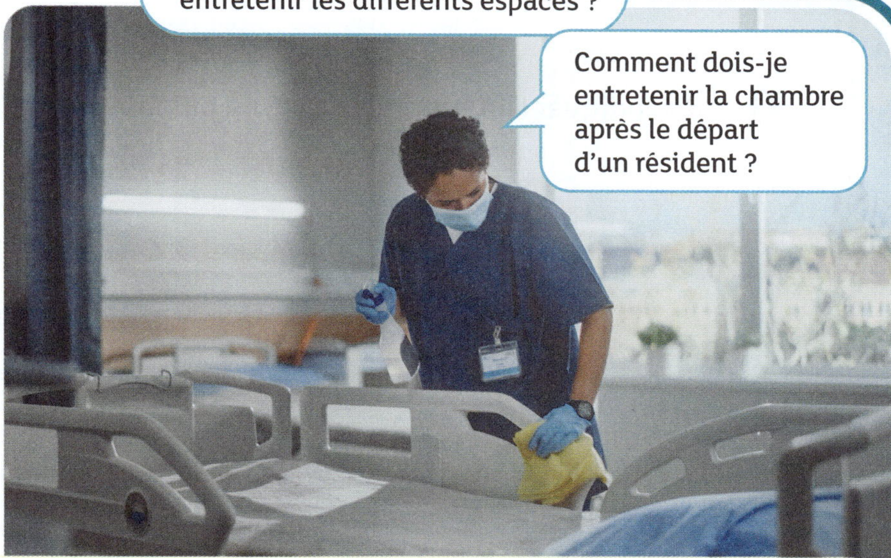

Comment dois-je entretenir la chambre après le départ d'un résident ?

En résidence sénior et en EHPAD, les personnes accueillies sont plus sensibles aux infections.
Les lieux d'hébergement collectif sont des vecteurs de propagation des contaminations. L'hygiène des locaux et des équipements est donc très importante pour la santé des résidents mais également pour leur bien-être.
Un bon entretien des locaux et des équipements permet de valoriser l'image de l'établissement.
Dans une structure médicalisée, le bionettoyage permet de maintenir une bonne hygiène et de prévenir des infections associées aux soins.
Dans un EHPAD, des documents comme des protocoles et des modes opératoires permettent de déterminer les modalités d'entretien en fonction du lieu et du risque infectieux.

- Le nettoyage journalier des chambres, des sanitaires et des parties communes permet de maintenir un espace dépoussiéré.
- Le nettoyage hebdomadaire des chambres et des sanitaires permet de réaliser un nettoyage plus approfondi et d'éliminer les taches et les micro-organismes.
- Le nettoyage mensuel des chambres et des sanitaires permet d'obtenir un environnement sans micro-organismes.
- Le nettoyage semi-annuel ou à la sortie du résident permet un nettoyage approfondi (aussi appelé nettoyage à fond) et l'obtention d'un espace totalement sain.

- **Indiquer les documents permettant de connaître les entretiens à respecter.**

....

....

- **Repérer le type d'entretien d'une chambre après le départ d'un résident.**

....

Activités

Activité 1 — les différents principes de l'entretien et les fréquences

1 DOC 1 **Surligner les principes de nettoyage à respecter :**

– en jaune ce qui relève du personnel,

– en bleu ce qui relève de la traçabilité,

– en vert ce qui relève des protocoles d'entretien.

2 DOC 1 **Préciser pourquoi ces règles doivent être respectées.**

....

....

3 DOC 1 **Indiquer l'intérêt d'écrire « À ne pas faire ».**

....

DOC 1 Des exemples de consignes à respecter en EHPAD

Texte lu foucherconnect.fr/24pap112

À faire	À ne pas faire
Former le personnel, y compris le personnel de remplacement sur les méthodes utilisées. Inscrire les tâches d'entretien des locaux sur les fiches de postes. Établir une planification d'entretien de tous les locaux de l'établissement.	Ignorer l'évolution des techniques de nettoyage et laisser faire chacun selon son expérience.
Rédiger un protocole de nettoyage pour l'ensemble des locaux, et les bonnes pratiques d'utilisation des produits	Compter uniquement sur la transmission orale entre les membres d'une équipe.
Avoir du matériel propre, en bon état et adapté aux tâches : chariot spécifique équipé de matériel facile d'entretien.	Ne pas utiliser de chariot d'entretien.
Utiliser des produits détergents-désinfectants pour le bionettoyage : - des plans de travail (salle de soins, chariot de soin) ; - des équipements des chambres en contact avec les mains (exemples : adaptable, barre de lit, interrupteur, poignée de porte, télécommande) ; - des équipements souillés (lavabo, douche, W.-C.).	Utiliser uniquement des détergents. Utiliser systématiquement l'eau de javel.
Choisir des lavettes (surfaces hautes) et des bandeaux de lavages (mop pour le sol) réutilisables et lavables en machine après chaque utilisation.	Utiliser des éponges. Faire tremper les lavettes et laver à la main.
Prévoir le nombre de lavettes et de franges nécessaires pour chaque chambre et pour chaque local.	Utiliser une même lavette pour les surfaces hautes, lavabo et les W.-C. ou un mop pour plusieurs locaux.
Nettoyer les sols en procédant dans un premier temps à un balayage humide puis un lavage du sol à l'eau ou au détergent pour éliminer les taches avec des mops de lavage changés entre chaque local.	Laver directement le sol sans balayage préalable.
Porter des gants de protection individuels lors de l'utilisation des produits, et lors du contact avec le sang et les produits biologiques. Après avoir retiré ses gants : faire un lavage simple des mains ou désinfecter ses mains avec un produit hydroalcoolique.	Travailler à mains nues. Négliger l'hygiène des mains après avoir terminé l'entretien des locaux.
Nettoyer, vérifier le matériel, équiper le chariot avant de le ranger. Noter le nettoyage effectué chaque jour sur une planification établie pour l'établissement.	Ne pas signaler un matériel manquant ou défectueux. Ne pas identifier les tâches effectuées au jour le jour.

4 DOC 2 **Relever les fréquences pour les différentes zones citées.**

- Salle de bains d'un résident dépendant : ....
- Chambre à fond : ....
- Chambre d'un résident avec une BMR : ....
- Studio d'un résident autonome : ....

5 DOC 2 **Justifier la fréquence plus importante pour un résident présentant un risque infectieux.**

....

....

....

DOC 2 Les fréquences d'entretien des espaces privés

Les fréquences d'entretien des espaces privés sont définies en fonction du niveau du risque infectieux potentiel attribué à chaque zone afin d'éviter les infections associées aux soins et de contaminer le personnel et les autres résidents.

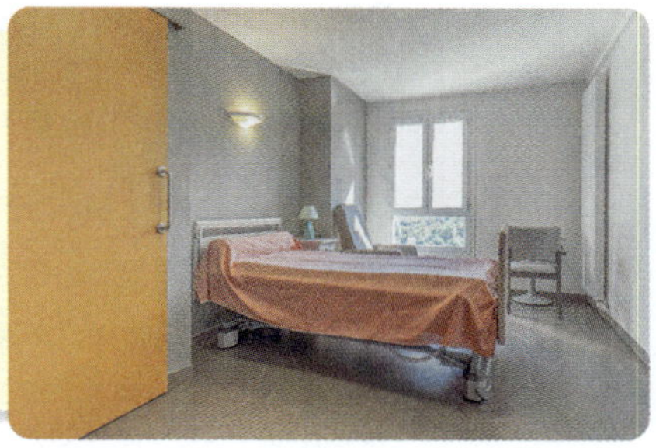

Espaces privés	Fréquence
Studio ou appartement d'un résident autonome	À la demande et au minimum une fois par semaine.
Chambre d'un résident dépendant	Au minimum une fois par jour.
Chambre d'un résident présentant un risque infectieux (maladie infectieuse transmissible, porteur d'une bactérie multirésistante (BMR))	Plusieurs fois par jour si besoin.
Vitres de la chambre	Tous les mois.
Chambre à fond	Deux fois par an ou à la sortie d'un résident ou à la sortie d'un isolement.
Salle de bains et W.-C. de la chambre	Au minimum une fois par jour.

6 **À l'aide de la fiche technique « Réaliser le bionettoyage d'une chambre et d'une salle de bains », relever les grandes étapes de l'entretien d'une chambre d'un résident.**

Fiche technique
foucherconnect.fr/24pap113

....

....

....

....

ACTIVITÉ 2 L'entretien de la chambre

7 DOC 3 **Relever l'étape préalable à l'entretien à fond.** > Fiche technique 5

....

8 DOC 3 **Préciser la différence entre l'entretien quotidien et l'entretien hebdomadaire.**

....

....

....

DOC 3 L'entretien de la chambre

Texte lu foucherconnect.fr/24pap114

L'entretien quotidien de la chambre se fait au moins une fois par jour. L'entretien à fond est préconisé deux fois par an, à la sortie d'un résident ou à la sortie d'un isolement. L'entretien approfondi ou à fond se fait dans une chambre vidée au maximum de son mobilier.

Quotidien	Hebdomadaire	Biannuel et au départ du résident
– Bionettoyage des surfaces horizontales mobiles et fixes, poignées, interrupteurs, sonnettes, téléphones, appareils médicaux, mobiliers, lits, barrières de lit, supports poubelles, et de la salle de bains. – Dépoussiérage du sol et lavage s'il est visuellement sale avec un chiffon en microfibre et de l'eau.	– Bionettoyage de l'ensemble de la pièce et du mobilier (extérieurs des mobiliers, surfaces de portes, toiles d'araignées, etc.). – Dépoussiérage du sol et lavage avec un détergent-désinfectant ou un chiffon en microfibre et de l'eau. – Nettoyage possible avec un appareil vapeur.	– Bionettoyage des intérieurs des mobiliers, placards, portes, grilles de ventilation. – Nettoyage des vitres et lavage des rideaux. – Nettoyage des surfaces verticales (murs, portes). – Dépoussiérage du sol et lavage avec un détergent-désinfectant. Nettoyage possible avec un appareil vapeur.

Il faut aussi réaliser lors de l'entretien approfondi :
- une désinfection complète du matelas, du lit et réaliser la réfection du lit ;
- une désinfection des siphons du lavabo et de la douche ;
- un entretien approfondi du sol avec la monobrosse ou l'autolaveuse.

9 DOC 4 **Souligner les intérêts de garder la traçabilité des entretiens réalisés.** > Fiche outil 8

10 **Citer les documents à remplir pour la traçabilité.** > Fiche outil 8

....

DOC 4 La traçabilité

À la fin de l'entretien, il faut compléter les fiches de traçabilité ce qui permet :
- d'avoir une vision exhaustive sur les actions d'entretien réalisées ou à venir ;
- de rendre compte du travail réalisé ;
- de vérifier la qualité du travail réalisé.

ACTIVITÉ 3 Le bionettoyage du lit

11 DOC 5 **Préciser les différentes tâches à effectuer.** > Fiche technique 6

Fréquence	Entretien
Quotidienne	....
Hebdomadaire	....
Mensuelle	....

12 **Indiquer la règle de sécurité à respecter avant d'entretenir le lit.** > Fiche technique 6

……………………………………………………………………………………………………

DOC 5 Quels types de nettoyage effectuer et à quelle fréquence ?

Afin d'assurer l'hygiène idéale des lits médicalisés, il faut répartir les tâches d'entretien en fonction de la fréquence idéale.

- **À effectuer quotidiennement :** vérifier que la literie n'a pas été souillée pendant la nuit (draps, oreillers, housses de matelas, etc.). Ceci est indispensable pour les personnes incontinentes. Si les draps sont sales, il convient de les changer le plus rapidement possible pour éviter la macération due à l'humidité. Entretenir la potence et la télécommande.
- **À effectuer de manière hebdomadaire :** changer les draps de lits afin d'en mettre des propres. Désinfecter le lit à l'aide d'un détergent désinfectant. Pour cela, il faut commencer par la potence, puis le cadre du lit, les barrières et la télécommande. Ces éléments en contact avec les mains du résident doivent être nettoyés avec le plus grand soin.
- **À effectuer mensuellement :** en plus des tâches hebdomadaires conservées, l'entretien du lit doit être approfondi. Le matelas doit être désinfecté avec un détergent-désinfectant des deux côtés ainsi que le reste du lit (sommier en métal, mécanisme sous le lit et roulettes).

Texte lu foucherconnect.fr/24pap115

ACTIVITÉ 4 L'entretien des vitres

13 DOC 6 **Souligner la fréquence d'entretien et surligner l'objectif de l'entretien en jaune.**

14 **Relever les deux techniques d'entretien du lavage des vitres et le matériel nécessaire.** > Fiche technique 7

……………………………………………………………………………………………………

……………………………………………………………………………………………………

DOC 6 Nettoyer les vitres, ça fait du bien aux résidents

Dans les EHPAD, de nombreux résidents passent de longs moments à regarder un jardin, une cour, un bout de ville derrière leur fenêtre. L'entretien des vitres est important afin d'avoir des carreaux propres, transparents et sans traces.
Des vitres sales peuvent contenir des micro-organismes (bactéries, virus) car elles sont soumises à de nombreux facteurs pouvant les contaminer : éternuements, traces de doigts, pollution, insectes, etc.
Il est primordial de les garder propres afin d'éliminer au maximum les risques pour les résidents. L'entretien se fait mensuellement et au changement du résident dans la chambre.

ACTIVITÉ 5 Les dysfonctionnements

15 DOC 7 **Surligner les personnes répertoriant les dysfonctionnements.**

16 DOC 7 **Souligner l'objectif de ce signalement.**

DOC 7 Signalement des évènements indésirables

Tout dysfonctionnement dans la structure doit être signalé comme évènement indésirable à la gouvernante et à l'agent d'entretien pour une réparation rapide afin d'éviter un accident du personnel ou des résidents. Il peut s'agir d'un lit médicalisé qui ne fonctionne plus, d'une lumière défectueuse, d'un sol abîmé et donc irrégulier, etc.

Je retiens

Synthèse rédigée et audio
foucherconnect.fr/24pap116

L'entretien journalier et périodique des espaces privés

La fréquence d'entretien des chambres et salle de bains

Tous les jours

✓ Dépoussiérer et laver les surfaces et le sol.
✓ Bionettoyer la potence et la télécommande du lit, l'adaptable et la salle de bains.

Toutes les semaines

✓ Bionettoyer les surfaces et les sols.
✓ Bionettoyer la potence, la télécommande, le cadre et la barrière du lit, l'adaptable et la salle de bains.

Une fois par mois

✓ Bionettoyer à fond le lit du haut vers le bas, le matelas des 2 côtés, le sommier sans oublier les roulettes, les plinthes et le radiateur.

Deux fois par an ou après le départ d'un résident

✓ Entretien approfondi ou à fond.

Bionettoyage de la chambre :
– enlever tout le mobilier
– réaliser le bionettoyage de toutes les surfaces de la pièce, y compris mur, plinthes et radiateur
– réaliser le bionettoyage de la salle de bains avec désinfection des bondes

+

Entretien des vitres soit avec la méthode à l'américaine soit à la française pour avoir des vitres propres et sans micro-organismes.

Les règles à respecter

Ces règles permettent d'éviter de contaminer le résident, le personnel, et de travailler correctement avec le matériel et les produits présents dans la structure.

✓ Avoir du matériel propre.
✓ Doser les produits.
✓ Respecter les protocoles.
✓ Former le personnel.

Je me teste

Exercice interactif
foucherconnect.fr/24pap117

Indiquer si les affirmations sont vraies ou fausses.

Affirmations	Vrai	Faux
a. L'entretien de la salle de bains ne se fait qu'une fois par semaine		
b. Le bionettoyage à fond du lit se fait tous les mois		
c. Le lavage des vitres se réalise seulement deux fois par an		
d. Le personnel doit être formé au protocole de la structure		
e. Les techniques d'entretien sont inscrites dans le protocole		
f. La traçabilité des entretiens réalisés est obligatoire		

La traçabilité de l'entretien d'une chambre

FICHE OUTIL 8

Exemple de la traçabilité de l'entretien

- Exemple 1

Cette pièce a été entretenue			
Date	Heure	Prénom Nom de l'ASH	Observation
...... - ...... - 20......	...... H		
...... - ...... - 20......	...... H		

- Exemple 2

Année :	Suivi entretien des sanitaires Référence :	Date d'application : Version :

Janvier	1	2	3	4	5	6	7	8	9	10	11	12	13	14	15	16	17	18	19	20	...
WC																					
Lavabo																					
Surfaces																					
Sol																					

Contrôle visuel de la qualité de l'entretien d'une chambre de résident

Service : ....
N° chambre : ....
Date évaluation : ....
Heure évaluation : ....
Nom évaluateur : ....
Nom(s) ASH :
Type d'entretien : ❑ Quotidien ❑ Hebdomadaire ❑ Approfondi

Chambre						
Éléments à observer		Critère d'évaluation	Seuil de qualité cible	Notes 0 ou 1	Coef.	Notes pondérées
Porte		Traces de doigts, de salissures, de couleurs/Empoussièrement	Absence		3	
Sol		Salissures adhérentes/Empoussièrement/Taches	Absence		2	
	Plinthes, tuyauteries	Salissures adhérentes/Empoussièrement	Absence		1	
Mobilier	Lit	Salissures adhérentes/Empoussièrement	Absence		3	
	Table de nuit	Salissures adhérentes/Empoussièrement	Absence		2	
	Adaptable	Salissures adhérentes/Empoussièrement	Absence		3	
	Table	Salissures adhérentes/Empoussièrement	Absence		3	
	Armoire	Salissures adhérentes/Empoussièrement	Absence		1	
	Chaise Fauteuil	Salissures adhérentes/Empoussièrement	Absence		2	
Accessoires	Téléphone	Salissures adhérentes	Absence		2	
	Télécommande(s)	Salissures adhérentes	Absence		2	
	Sonnette(s)	Salissures adhérentes	Absence		2	
	Interrupteurs	Salissures adhérentes	Absence		3	
Luminaires **Murs**		Empoussièrement/Taches	Absence		2	
Fenêtre		Salissures adhérentes/Empoussièrement	Absence		2	
	Rideaux	Tache/Déchirure	Absence		2	
Radiateur		Salissures adhérentes/Empoussièrement	Absence		1	
Téléviseur		Traces/Empoussièrement	Absence		1	
Bandeau technique		Traces/Empoussièrement	Absence		1	
Toiles d'araignées			Absence		3	

*Notes : 0 = Non conforme, 1 = Conforme

FICHE TECHNIQUE 5

Réaliser le bionettoyage à fond de la chambre

Matériels

- Chariot équipé du matériel suivant : lavettes et seaux de différentes couleurs, balai trapèze et gaze pré-imprégnée d'agglutinant (ou franges microfibres dépoussiérantes), pelle et balayette, sacs-poubelles et consommables (savon, papier, gants d'entretien jetables), balai de lavage à plat, franges pré-imprégnées de DD, seau de pré-imprégnation ou nettoyeur vapeur avec ses accessoires, panneau de signalisation d'une zone mouillée

Produits

- Détergent-désinfectant à contact alimentaire (DDA)
- Détergent-désinfectant (DD)
- Détergent-désinfectant-détartrant
- Eau de javel

EPI

- Tenue professionnelle
- Gants
- Surblouse à manches longues
- Si le résident est infecté : lunettes de protection, charlotte, masque FFP2

Le bionettoyage à fond de la chambre se réalise deux fois par an, à la sortie d'un résident et après un isolement.

ÉTAPES	TECHNIQUES	POURQUOI ?
ÉTAPE 1	**Réaliser les étapes préliminaires** – Aérer la chambre pendant l'entretien. – Préparer le chariot. – Éliminer toutes les poubelles. – Évacuer tout le linge sale dans le chariot de linge. – Sortir le mobilier de la pièce.	– Pour renouveler l'air vicié. – Pour avoir tout le matériel nécessaire. – Pour rendre le bionettoyage plus facile et plus rapide.
ÉTAPE 2	– Tirer la chasse d'eau puis appliquer le détergent-désinfectant-détartrant sur la robinetterie, le lavabo, la douche, les rampes, la chaise de douche, le W.-C. et l'intérieur de la cuvette. – Laisser agir le produit.	– Pour éliminer les salissures adhérentes et les micro-organismes.
ÉTAPE 3	**Réaliser le bionettoyage des surfaces de la chambre** – Nettoyer toutes les surfaces avec le DDA ou le nettoyeur vapeur du haut vers le bas : au-dessus du lit (dessus de lampe, rampe d'éclairage, prises des fluides médicaux), les murs de haut en bas (avec le balai de lavage à plat et les franges pré-imprégnées de DD), les lieux de rangement (placards) puis les poignées de porte et les interrupteurs. – Rincer dans le même ordre avec une lavette, pliée en 4, mouillée d'eau si utilisation du DDA et laisser sécher.	– Pour éviter les coulures. – Pour respecter la marche en avant. – Manche télescopique pour éviter d'élever les bras. – Pour éliminer les traces de produits et de salissures.
ÉTAPE 4	**Réaliser le bionettoyage de la salle de bains** – Effectuer le bionettoyage de toutes les surfaces du haut en bas sans oublier les rampes et la chaise. – Terminer par les siphons. – Réaliser la désinfection de la bouche d'aération et des murs de la pièce. – Rincer la zone lavabo et la zone douche. – Bionettoyer la zone W.-C. avec la lavette rouge puis tirer la chasse d'eau.	– Du plus propre au plus sale pour éviter les contaminations. – Pour éviter les contaminations et éliminer toutes les salissures. – Pour éliminer les produits et salissures. – Pour respecter la marche en avant.

ÉTAPES	TECHNIQUES	POURQUOI ?
	– Désinfecter les siphons du lavabo et de la douche avec l'eau de javel. – Réapprovisionner en consommables.	– Pour éliminer tous les micro-organismes dans les siphons.
ÉTAPE 5	**Réaliser le bionettoyage des sols** – Effectuer le dépoussiérage des sols (chambre et salle de bains) avec le balai trapèze et le bandeau dépoussiérant. – Effectuer le lavage avec le balai de lavage à plat ou le nettoyeur vapeur puis laisser sécher et poser le panneau de zone mouillée.	– Pour éliminer toutes les salissures adhérentes et non adhérentes. – Pour empêcher de glisser sur le sol mouillé. – Pour empêcher les personnes de rentrer.

FICHE TECHNIQUE 6 Réaliser le bionettoyage du lit

Le bionettoyage du lit peut se réaliser tous les jours, lors du changement de draps, tous les mois ou après le départ d'un résident, durant l'entretien de la pièce. Le lit est dépourvu de linge, à la bonne hauteur et débranché.

Matériels
- ☑ Lavettes et eaux de différentes couleurs ou nettoyeur vapeur avec ses accessoires

Produits
- ☑ Détergent-désinfectant (DD)

ÉTAPES	TECHNIQUES	POURQUOI ?
ÉTAPE 1	**Tous les jours selon le planning établi** **Nettoyer avec la brosse du nettoyeur vapeur ou la lavette microfibre imprégnée de DD toutes les surfaces :** – la potence de lit et la rampe pour se tenir, la barrière du lit, le montant et le tour du lit.	– Éliminer les salissures et les micro-organismes des surfaces touchées par la personne.
	Lors du changement des draps **Réaliser le bionettoyage de la surface visible du matelas.**	– Éliminer les contaminations.
	Tous les mois en plus des deux autres techniques **Réaliser le bionettoyage :** – du dessous du matelas, du sommier, du mécanisme sous le sommier, les roulettes du lit.	– Respecter la marche en avant. – Pour le bon fonctionnement du lit.
ÉTAPE 2	**Rincer dans le même ordre et essuyer les différentes parties.**	– Éliminer le produit. – Sécher le matériel.
ÉTAPE 3	**Rebrancher le lit.** **Réaliser la réfection du lit.**	– Remettre le lit en état.

Fiche technique
foucherconnect.fr/24pap133

FICHE TECHNIQUE 7

Réaliser le nettoyage des vitres

Matériels

- ☑ Seau à vitres avec une grille
- ☑ Mouilleur et son support
- ☑ Perche télescopique
- ☑ Grattoir à vitres
- ☑ Raclette
- ☑ Microfibre et serpillère ou nettoyeur vapeur

Produit

- ☑ Produit à vitres

L'entretien des vitres peut être réalisé avec un mouilleur ou bien à l'aide d'un nettoyeur vapeur.

ÉTAPES	TECHNIQUES	POURQUOI ?
ÉTAPE 1	**Préparer le matériel et le produit** – Préparer la solution de lavage dans le seau. – Préparer le matériel. – Mettre une serpillière sur le sol.	Pour absorber l'excèdent d'eau.
ÉTAPE 2	**Réaliser le dépoussiérage de l'encadrement de la vitre avec une lavette humide.**	Pour éliminer les salissures sur l'encadrement.
ÉTAPE 3	**Réaliser l'entretien des vitres avec le mouilleur** **Réaliser le détourage de la vitre** – Tremper le mouilleur dans la solution puis l'essorer à la main. – Réaliser le détourage de la vitre avec le mouilleur en insistant sur les angles.	Enlever l'excédent d'eau sur le mouilleur. Pour nettoyer correctement les angles.
ÉTAPE 4 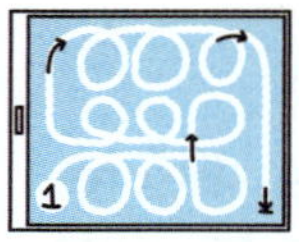	**Frotter l'intérieur de la vitre en réalisant des spirales.** – Utiliser la perche télescopique pour le haut de la vitre.	Pour que l'entretien de la vitre soit complet. Pour éviter les TMS et de monter sur un escabeau.
ÉTAPE 5	**Utiliser le grattoir sur la surface mouillée pour enlever les taches incrustées (si besoin).**	Pour ne pas rayer la vitre.
ÉTAPE 6 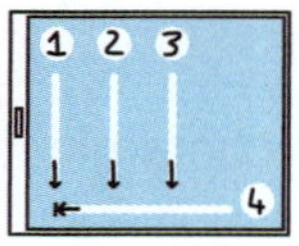	**Essuyer à la raclette en utilisant la méthode à la française** – Tirer la raclette de haut en bas sur les 2/3 de la vitre. – Tirer la raclette en latéral sur le dernier tiers. – Réaliser le contour puis réaliser une méthode en S. – Essuyer la raclette régulièrement.	
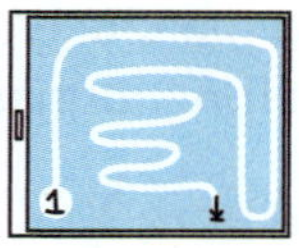	**Essuyer à la raclette en utilisant la méthode à l'américaine** – Faire le tour de la vitre avec la raclette. – Effectuer des S pour éliminer la solution.	
ÉTAPE 7	**Essuyer les angles et le pourtour de la fenêtre avec la microfibre.**	Vérifier l'absence de traces d'eau et de produits.
ÉTAPE 3	**Réaliser l'entretien des vitres avec le nettoyeur vapeur** **Pulvériser la vapeur sur toute la vitre.**	Insister sur les taches incrustées.
ÉTAPE 4	**Racler l'eau avec la raclette en utilisant la technique à la française ou l'américaine.** – Puis essuyer avec la microfibre.	Enlever l'eau et les salissures. Éliminer toutes les traces d'eau.

Dossier 24 La personnalisation de l'espace privé, la participation de la personne, le rangement des effets personnels

Compétences

C2.2 Entretenir et personnaliser la sphère privée.
C2.2.2 Contribuer à la personnalisation de l'espace privé.

Je découvre

Comment aider l'usager à emménager dans son nouveau lieu de vie ?

Quel accompagnement proposer pour le rangement des effets personnels ?

Émilie est agent accompagnant au grand âge au sein d'un EHPAD. Aujourd'hui, elle accueille un nouveau résident, monsieur Adrien âgé de 89 ans. Ce dernier emménage à l'EHPAD car il vivait en milieu rural dans une maison isolée et a besoin d'aide dans certains actes de la vie quotidienne. Il vit difficilement son arrivée à l'EHPAD car il quitte le domicile dans lequel il vivait depuis plus de 60 ans. Cela bouleverse ses repères. Il est en difficulté pour ranger ses affaires personnelles dans un espace réduit. Émilie l'aide à s'installer afin d'assurer son confort et son bien-être dans la structure.

Les personnes hébergées en EHPAD disposent d'un espace privatif (une chambre) ainsi que de locaux collectifs.
Un état des lieux de la chambre est réalisé lors de l'arrivée de la personne âgée. Il permet de comparer le logement à l'accueil et au départ du résident afin de déterminer les éventuelles réparations à réaliser. En cas de décès ou si la personne âgée décide de quitter l'établissement, un état des lieux de sortie de la chambre doit être réalisé. Des frais de remise en état peuvent être réclamés à l'occupant ou à sa famille si l'état des lieux de sortie diffère de l'état des lieux d'arrivée.
La personne âgée peut ensuite emménager et installer ses affaires. Le personnel de l'établissement n'est pas censé intervenir pour l'aider à emménager. Il est conseillé au futur résident d'être aidé par des proches, surtout s'il apporte du mobilier personnel.
Si la personne âgée a des objets de valeur, il n'est pas conseillé de les conserver dans sa chambre. En règle générale, un coffre-fort est mis à sa disposition.

- **Surligner l'intérêt de l'état des lieux de la chambre à l'entrée du résident.**
- **Indiquer qui peut aider la personne âgée à s'installer.**

....

- **Préciser le lieu où la personne âgée peut mettre ses objets de valeur.**

....

Activités

ACTIVITÉ 1 La personnalisation de l'espace privé

1 DOC 1 **Surligner la phrase indiquant si un résident peut personnaliser son espace privé.**

2 DOC 1 **Indiquer et justifier si la personne âgée peut personnaliser sans limite son espace privé.**

....

....

3 DOC 1 **À l'aide de l'image, expliquer la phrase : « Dans un EHPAD, la chambre est aussi un poste de travail pour les soignants. »**

....

....

DOC 1 Espace privé et lieu de travail

En EHPAD, la chambre est meublée par l'établissement. Il est possible et recommandé de la personnaliser (fauteuil, commode, chaise, bibelots, photos) d'une manière compatible avec l'état de santé du résident, la superficie de la chambre, l'organisation des soins et la sécurité du résident, du personnel et des visiteurs. Bien que le confort et le bien-être des résidents soient la priorité de l'EHPAD, la satisfaction des salariés dans leur travail ne doit pas être négligée. En effet, dans un EHPAD, la chambre est aussi un poste de travail pour les soignants.

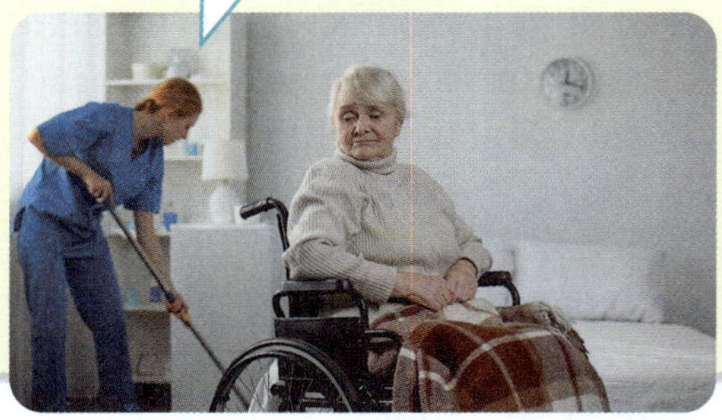

4 DOC 2 **Surligner les raisons de l'entrée en EHPAD de monsieur Adrien.**

5 DOC 2 **Expliquer et justifier le ressenti de monsieur Adrien concernant son entrée en EHPAD.**

....

....

DOC 2 Témoignage de monsieur Adrien

Texte lu foucherconnect.fr/24pap118

« J'ai aménagé à l'EHPAD car je vivais à la campagne, ma maison était trop isolée. De plus, je rencontre des difficultés à réaliser certains gestes de la vie quotidienne (toilette et habillage du bas du corps…). J'ai chuté plusieurs fois depuis un mois. Mes enfants n'habitaient pas à côté de chez moi et craignaient pour ma sécurité. Ils m'ont proposé d'entrer dans un EHPAD. J'ai réfléchi longtemps avant d'accepter. Quitter ma maison, mes voisins et mes habitudes de vie est très éprouvant. Cela fait plus de 60 ans que je vivais dans cette maison. C'est le lieu où j'ai vécu avec ma femme, où j'ai vu grandir mes enfants et mes petits-enfants. J'aime m'occuper de mon jardin et de mes nombreuses plantes vertes.
Après avoir décidé d'intégrer l'EHPAD, j'ai dû me préparer à vivre en collectivité et choisir les effets personnels que je souhaitais conserver pour aménager ma chambre. C'est un deuxième moment difficile car il faut se séparer de beaucoup d'affaires personnelles. »

ACTIVITÉ 2

Des solutions de personnalisation de l'espace privé

6 DOC 3 **Justifier l'importance de personnaliser l'espace privé de la personne âgée lors de son entrée en structure.**

....

....

7 DOC 3 **Indiquer si chaque affirmation est vraie ou fausse. Corriger les affirmations fausses.**

Affirmations	Vrai	Faux	Correction
Il est conseillé d'amener des éléments que la personne affectionne ou utilise quotidiennement.			....
Il n'est pas conseillé d'installer un portemanteau à l'entrée de la chambre.			....
La chambre ne doit avoir qu'un lit et une table de chevet.			....
Il est interdit d'accrocher des cadres au mur.			....
Les cadres doivent être accrochés par le service technique.			....
Les affaires et les objets amenés doivent respecter la réglementation concernant le classement au feu.			....

DOC 3 La personnalisation de l'espace privé : les conseils d' Émilie

Lors de l'accueil d'un nouveau résident, Émilie explique à l'usager ainsi qu'à son entourage l'importance de personnaliser la chambre tout en respectant les normes en vigueur.
Le nouveau résident pourra s'adapter plus facilement à son nouveau cadre de vie s'il est personnalisé. L'espace doit être aménagé en prenant compte des besoins de la personne pour créer un lieu dans lequel elle se sente bien et chez elle en conservant des repères.
Ce nouvel environnement est plus petit. Il faut donc faire des choix sur ce que la personne peut apporter. Émilie conseille de choisir des éléments que la personne âgée affectionne ou utilise quotidiennement. Il est demandé au résident de n'apporter que des affaires ou des objets (oreillers, couvertures) qui ont un classement au feu conforme à la réglementation.

Texte lu
foucherconnect.fr/24pap119

Espaces	Conseils
Entrée de la chambre	– Mettre un portemanteau afin d'accrocher ses vêtements extérieurs en arrivant dans la chambre pour marquer le lieu de transition entre la partie collective et l'espace privé. – Personnaliser la porte de chambre.
Espace séjour	– Installer un ou deux fauteuils avec un espace télévision, un ordinateur, une petite table afin d'avoir un lieu pour les activités de journée et accueillir des visiteurs. – Mettre des plantes et faire accrocher des cadres (par le service technique de l'EHPAD). – Amener du petit mobilier (étagères, petite bibliothèque…) et des éléments de décoration (lampe, bibelots…) tout en étant vigilant à ne pas trop encombrer la chambre. – Intégrer de la décoration, des photos ou des souvenirs dans ce nouveau logement rend psychologiquement ce changement plus doux. – Il est possible d'amener des jetés de lit, des coussins afin de créer une ambiance.

8 **DOC 4** **Aider monsieur Adrien à personnaliser sa chambre en prenant en compte les conseils donnés par Émilie et ses souhaits.**

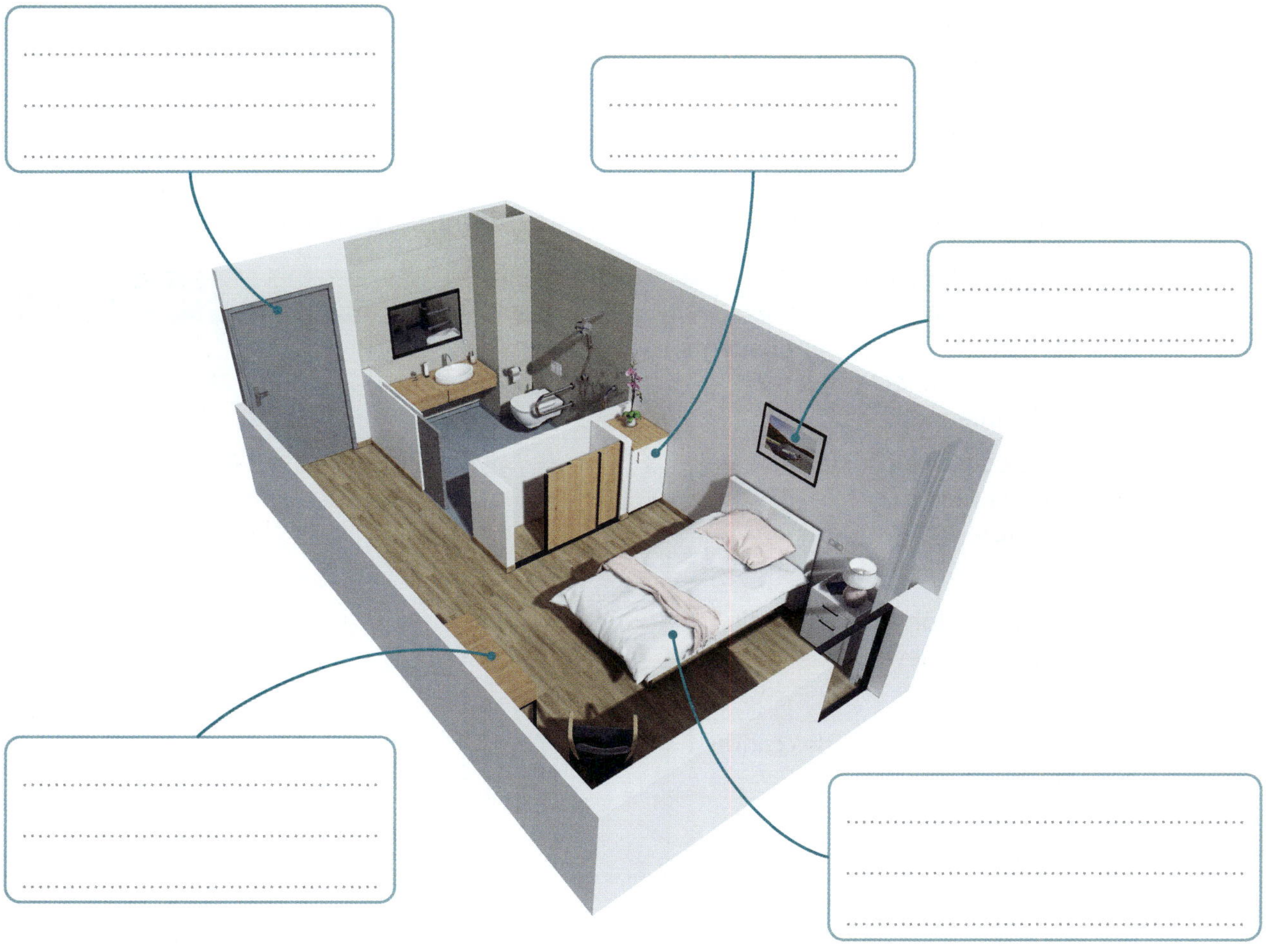

DOC 4 Les souhaits de monsieur Adrien concernant son aménagement en EHPAD

Des cadres photos

Les affaires sélectionnées par M. Adrien

Deux fauteuils et une table basse

Des plantes vertes

Des bibelots, des livres, des coussins et un plaid

9 DOC 5 **Surligner les intérêts de la personnalisation de la porte de chambre des personnes âgées en EHPAD.**

DOC 5 Une porte de chambre personnalisée

L'entreprise [R]ÉVEIL propose la personnalisation des portes de chambres et des unités de vie des établissements accueillant les personnes âgées. À partir d'une photographie, la porte d'entrée du domicile précédemment occupé ou toute autre porte peut être fidèlement reproduite. Cela permet aux personnes âgées de se repérer dans la structure, de créer un cadre de vie chaleureux et de maintenir la mémoire et les souvenirs.

ACTIVITÉ 3

Le rangement des affaires personnelles

10 DOC 6 **Citer les affaires personnelles que peut conserver la personne âgée dans sa chambre.**

....

....

....

....

....

11 DOC 6 **Surligner les recommandations concernant le rangement des affaires personnelles.**

DOC 6 L'aide aux personnes âgées pour le rangement de leurs affaires personnelles

Texte lu foucherconnect.fr/24pap120

Émilie accompagne les personnes âgées dans le rangement de leurs effets personnels s'ils en ressentent le besoin. Elle les sollicite afin de maintenir leur autonomie. Elles donnent des conseils aux personnes : les affaires utilisées régulièrement doivent être facilement accessibles et non en hauteur.

Pour le rangement du linge, soit la personne est autonome et le fait seule. Soit la personne a besoin d'aide et Émilie fait cette activité en la sollicitant. Si la personne ne peut plus faire cette activité, Émilie demande l'autorisation des personnes avant d'ouvrir les placards.

Concernant les divers documents (factures, contrats), Émilie peut donner des conseils pour le classement des documents : sous-chemises avec le document le plus récent en premier. Elle peut accompagner les personnes dans cette activité.

La personne âgée apporte ses produits d'hygiène.
Émilie peut indiquer à la personne les besoins pour le réapprovisionnement.

Les denrées périssables (gâteaux secs, bonbons, chocolat) susceptibles d'être conservées à température ambiante dans la chambre de la personne hébergée sont autorisées mais font l'objet d'une surveillance par la personne elle-même, ses proches ou le personnel.

Je retiens

Synthèse rédigée et audio
foucherconnect.fr/24pap121

La personnalisation de l'espace privé, la participation de la personne, le rangement des effets personnels

La personnalisation de l'espace privé est nécessaire lors de l'entrée de la personne âgée en EHPAD car cet espace devient son lieu de vie.

Objectif de la personnalisation
Afin que la personne âgée se sente bien et chez elle en conservant des repères et que l'espace réponde à ses besoins.

La personne âgée **apporte des affaires personnelles** : linge, documents, photos, produits d'hygiène, denrées dans la chambre.

! Cette personnalisation doit être compatible avec l'état de santé, la superficie de la chambre, l'organisation des soins et la sécurité.
Dans un EHPAD, la chambre est aussi un poste de travail pour les soignants.

Le professionnel peut accompagner les personnes âgées pour personnaliser leur espace privé et ranger leurs effets personnels.

- Aider les usagers à ranger leurs affaires personnelles en les sollicitant et en leur proposant des solutions.
- Représenter une « entrée » avec porte personnalisée, portemanteau…
- Créer un espace pour les activités de journée : fauteuil, bureau, table
- Apporter des éléments de décoration : plantes, cadres, rideaux, coussins…

Je me teste

Exercice interactif
foucherconnect.fr/24pap122

Indiquer deux intérêts de personnaliser l'espace privé en EHPAD.

- ……………………………………………………………………………………
- ……………………………………………………………………………………

Proposer un moyen de personnaliser l'espace privé.

……………………………………………………………………………………

……………………………………………………………………………………

Dossier 25

La communication avec l'entourage

Compétences

C2.2 Entretenir et personnaliser la sphère privée.
C2.2.2 Contribuer à la personnalisation de l'espace privé.

Je découvre

Yolande est agent accompagnant au grand âge au sein d'un EHPAD. Cet après-midi, au moment du service de la collation, elle se rend dans la chambre de monsieur Philippe. Ce dernier est couché et ne souhaite pas prendre de goûter. Yolande perçoit le mal-être de ce résident et prend le temps d'échanger avec lui. Il lui fait part de son manque de lien avec ses proches au quotidien bien qu'il reconnaisse avoir des visites régulières. Il souhaiterait être davantage en contact avec son entourage et notamment avec ses petits-enfants mais est peu à l'aise avec le numérique.

Le besoin de communiquer est un des 14 besoins déterminés par Virginia Henderson. Ces 14 besoins permettent de définir l'autonomie des individus sur les plans physiques, psychologiques et sociaux. Le besoin de communiquer est la nécessité pour chaque individu, de transmettre et de percevoir des messages et d'établir des relations avec autrui.

Ce besoin peut être insatisfait pour des personnes âgées. Cela peut être dû à plusieurs raisons : perte d'un ou plusieurs des 5 sens (audition, vue…), perte de l'usage de la parole (aphasie), troubles du comportement, difficultés liées à l'environnement (utilisation du matériel…).

- **Surligner le besoin évoqué dans le document.**
- **Citer des raisons pour lesquelles ce besoin peut ne pas être satisfait chez une personne âgée.**

....

....

Activités

Activité 1 — La communication avec l'entourage

1 DOC 1 **Indiquer les deux intérêts du lien avec l'entourage.**

....

....

2 DOC 1 **Surligner le rôle de l'entourage dans l'accompagnement de l'usager et apporter une explication.**

....

....

DOC 1 Le maintien du lien avec l'entourage : un facteur de bien-être

La présence des familles et des proches est un facteur essentiel pour le bien-être du résident. Elle permet de maintenir le lien social en évitant l'isolement et la solitude des personnes âgées. L'établissement doit tout mettre en œuvre afin de maintenir, favoriser, voire développer le lien de l'usager avec son entourage. L'entourage offre un soutien émotionnel précieux aux personnes âgées. D'ailleurs, son rôle ne se limite pas aux visites. En communiquant avec le personnel, les proches peuvent améliorer la qualité des soins dispensés par l'équipe car elle sera mieux informée des besoins et des attentes du résident. L'entourage connaît le résident, ses habitudes de vie, ses centres d'intérêt. L'entourage a parfois été aidant de cette personne et il est important de lui laisser une place. L'établissement doit développer une diversité d'outils au service du résident et des familles, permettant ainsi de maintenir un lien.

Texte lu foucherconnect.fr/24pap124

3 DOC 2 **Souligner le nom du document recommandant l'importance de la communication et de la présence des proches.**

4 DOC 2 **Expliquer le lien entre les deux recommandations présentées et la communication usager-entourage.**

....

....

DOC 2 La communication reconnue dans une charte

La charte des droits et des libertés de la personne âgée en situation de handicap ou de dépendance présente 14 recommandations dont les 2 suivantes.

3. Vie sociale et culturelle
Toute personne âgée en situation de handicap ou de dépendance conserve la liberté de communiquer, de se déplacer et de participer à la vie en société.

4. Présence et rôle des proches
Le maintien des relations familiales, des réseaux amicaux et sociaux est indispensable à la personne âgée en situation de handicap ou de dépendance.

ACTIVITÉ 2 Les moyens de communication avec l'entourage

5 DOC 3 **Identifier les rôles du professionnel pour permettre une communication entre l'entourage et l'usager.**

....

6 DOC 3 **Repérer les outils et/ou moyens proposés pour maintenir la communication entre la personne âgée et son entourage.**

....

....

....

....

....

....

Vidéo foucherconnect.fr/24pap125

DOC 3 Permettre et maintenir la communication avec l'entourage

Yolande est particulièrement attentive à permettre une communication entre les personnes âgées et leur entourage. Pour cela, elle propose diverses solutions existantes au sein de l'EHPAD. Elle accompagne les usagers dans l'utilisation de ces supports.

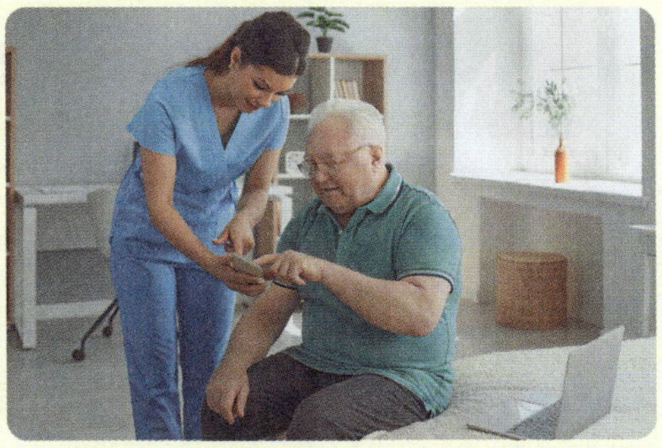

- Yolande reste disponible pour permettre aux usagers de pouvoir utiliser le téléphone ou les tablettes mises à disposition au sein de l'EHPAD afin de maintenir des échanges avec leur entourage.
- Des logiciels comme Skype et WhatsApp rendent possible la communication à distance. Ils permettent de faire une visio et de voir le visage du proche.
- Pour les personnes n'étant pas en mesure d'utiliser les applications classiques de communication, Yolande propose l'utilisation de Linote. Cette application permet à la personne de recevoir des appels vidéo, des photos et des messages sans jamais devoir toucher l'écran de sa tablette grâce à un système de détection intelligent. L'appel visio se déclenche automatiquement lorsque la personne s'approche de l'appareil.
- Yolande propose à l'entourage de participer à une gazette papier. Chaque membre de la famille partage des messages et des photos sur une application dédiée. Les messages et les photos sont automatiquement mis en page et imprimés sous la forme d'un journal papier personnalisé. La gazette est envoyée à la personne âgée par la Poste à la fréquence choisie par la famille. Plusieurs entreprises proposent ce service : Famileon, Fizzer…
- Yolande propose également une autre solution : Familink. La personne âgée dispose d'un cadre photo numérique dans sa chambre et peut y recevoir les photos de son entourage. C'est un véritable réseau social privé où chaque membre de la famille peut réagir, liker et commenter les photos envoyées. Il s'agit d'un espace privilégié pour renforcer les liens familiaux.

Texte lu foucherconnect.fr/24pap126

Je retiens

Synthèse rédigée et audio
foucherconnect.fr/24pap128

La communication avec l'entourage

Le besoin de communiquer est la nécessité pour chaque individu, de transmettre et de percevoir des messages et d'établir des relations avec autrui.

Intérêts du lien avec l'entourage

- Le lien avec l'entourage est un **facteur essentiel pour le bien-être** du résident et permet son épanouissement.
- L'entourage connaît la personne âgée et peut **transmettre des informations importantes sur son histoire de vie**, ses habitudes de vie, ses centres d'intérêt.
- La communication permet le **maintien du lien social** entre le résident et son entourage pour limiter l'isolement et la solitude.

Le **besoin de communiquer peut être insatisfait** pour des personnes âgées **pour plusieurs raisons** : perte d'un ou plusieurs des 5 sens, perte d'usage de la parole, troubles du comportement, difficultés liées à l'environnement (utilisation du matériel…).

Le rôle du professionnel est de proposer des outils et moyens afin de faciliter la communication entre le résident et son entourage et accompagner à son utilisation.

- Gazette : **journal papier** à partir de photos.
- **Cadre photos** pour réception de photos de l'entourage.
- **Tablettes** pour répondre automatiquement aux appels en visio.
- Utilisation de **logiciels** pour réaliser des **appels en visio**.

Je me teste

Exercice interactif
foucherconnect.fr/24pap129

Indiquer deux intérêts de maintenir le lien avec la famille.

• ……………………………………………………………………………………

• ……………………………………………………………………………………

Citer un outil pour maintenir la communication entre la personne âgée et son entourage.

……………………………………………………………………………………